L'HISTOIRE DE PERSONNE
et autres nouvelles

Démosthènes Davvetas

L'HISTOIRE DE PERSONNE

et autres nouvelles

traduites du grec par Patricia Portier,
revues par l'auteur en collaboration avec Claire Reach

PEARLBOOKSEDITION

À mes enfants Giannis et Iphinoe

Le sommeil de la raison engendre des monstres.

Francisco de Goya y Lucientes (1746–1828)

UN LECTEUR ENTREPRENANT

Le premier des psychiatres désignés pour l'instruction affirma qu'à travers sa passion criminelle, l'assassin cherchait à rendre la vie à son père décédé : il voulait que son géniteur s'occupe à nouveau de lui. Le second déclara quant à lui que son éducation – et par conséquent, dans une large mesure, son comportement – aurait été différente si, de surcroît (et à un âge particulièrement tendre), il n'avait pas été abandonné par sa mère, qui avait disparu sans laisser de traces. Enfin, le troisième des spécialistes consultés chercha à savoir si, pendant son enfance, ce criminel étonnamment cultivé n'avait pas été témoin d'un meurtre qui aurait irrémédiablement marqué sa vie.

Les archives judiciaires et policières de cette affaire complexe contenaient naturellement d'autres thèses scientifiques, psychologiques, sociologiques ou autres, élaborées dans l'effort de cerner et de comprendre ce cas particulier, sans qu'aucune ne porte la marque de la certitude.

C'est pourquoi, du volumineux dossier que j'ai eu entre les mains, j'ai laissé de côté le champ immense et trouble des raisons et motivations du célèbre assassin pour ne retenir que les faits, que je relate tels qu'ils sont décrits dans les dépositions de tiers et du criminel lui-même par-devant les autorités compétentes.

C'est à l'époque de son adolescence que le sujet – un garçon élancé aux mâchoires proéminentes et aux mains extraordinairement longues – se sentit irrésistiblement attiré, presque fasciné, par tout ce qui se rapportait de près ou de loin au crime : il dévorait les journaux, ne manquait pas un bulletin d'information à la télévision, cherchait des informations sur Internet, écoutait tous les reportages radiophoniques sur les faits divers et se jetait avec boulimie sur les romans policiers. Son assiduité était telle que, pendant sa dernière année d'internat, on le voyait plongé dans ce genre de lecture en classe, dans la cour, dans le dortoir et partout où il en avait l'occasion. Et c'est pendant ces moments que, de son propre aveu, il commença à sentir les images et les mots des textes pénétrer son corps et agacer ses nerfs. Il lui devint impossible de rester tranquille ; il ne tenait plus en place, faisait les cent pas comme s'il était sous l'influence de stupéfiants. Il ne parvenait plus à suivre l'enchaînement des phrases, la syntaxe lui devenait obscure, mais le rythme de la lecture et celui de sa respiration aidant, il comblait les lacunes du passage qu'il était en train de lire, quel qu'il fût, avec des images et des mots de son imagination.

L'ivresse que lui procuraient ces changements, opérés instinctivement et spontanément, était telle qu'il répondait distraitement aux questions qu'on lui posait en ces instants, comme s'il était ailleurs. Il en vint petit à petit à se considérer comme un *lecteur entreprenant*, pour reprendre ses propres termes. Sans cesse en quête de nouveaux auteurs (Hamsun, Hammett, Highsmith, etc.), il alla même puiser dans les trésors de la littérature pour nourrir son imagination : les œuvres de Dostoïevski, Strindberg, Marquez, Genet, Pirandello, en particulier celles qui comportaient des crimes, subissaient le même traitement et étaient altérées au gré de son imagination. Il se livra au même jeu pendant toutes ses études universitaires et les années où il enseigna les mathématiques dans un lycée : les grands assassins de la littérature mondiale se transformaient dans son esprit et agissaient selon ses instructions.

Vers l'âge de trente-cinq ans, il avait fini par développer une grande affinité avec les caractères qu'il avait ainsi créés : tel un bon metteur en scène, il admirait ses créatures, qu'il avait modelées ou remodelées, ou se penchait sur elles avec tendresse et une sorte d'attention pédagogique pour corriger certains de leurs gestes qu'il ne trouvait pas justes.

Tenez, par exemple, lorsque Raskolnikov devait trancher la carotide d'un passant solitaire, dans l'obscurité d'une froide nuit de Saint-Pétersbourg, mais renonçait finalement à le faire pour continuer à se comporter comme dans les pages de *Crime et Châtiment* de Dostoïevski, notre lecteur entreprenant n'hésitait pas à lui montrer avec une douce patience la manière dont il devait agir : assis dans un confortable fauteuil à la terrasse d'un café, devant l'écran de son imagination, il indiquait à l'acteur, sa créature, les gestes précis qu'il devait exécuter.

Où qu'il se trouvât, dans un parc ou dans la rue, assis ou en mouvement, il mettait la même passion et le même enthousiasme à corriger l'un ou l'autre de ses personnages, sans se soucier de passer pour un original coupé de la réalité. Mais un jour, il en vint à ne plus se contenter de ses directives imaginaires. Il perdit patience et décida de se lever pour montrer lui-même à son invisible et désobéissante créature (qui s'obstinait à se comporter comme dans un roman de Patricia Highsmith) ce qu'elle devait faire. Il gesticulait, tournait la tête, sautait et courait de-ci de-là, fiévreusement, interpellant sans cesse son personnage : « ... Regarde ! Regarde bien... Apprends à réagir avec précision... Concentre-toi bien, là... »

Bientôt, lorsque ses créatures faisaient preuve d'indiscipline ou d'incapacité, il alla jusqu'à porter le costume du rôle pour plus de vraisemblance et de précision dans ses instructions. Il s'habillait donc selon les cas en Romain, Gaulois, Grec de l'Antiquité, jeune fille, vieille femme, prêtre, militaire, vieillard, enfant, et j'en passe. Un soir, ulcéré par l'inaptitude de son personnage à apprendre, il sentit le sang lui monter à la tête et, hurlant à son attention « Mais enfin... espèce d'incapable !... Regarde-moi donc ! Ouvre les yeux ! », il se jeta sur l'inconnu qui se tenait debout près de l'arrêt de bus de l'autre côté de la rue, et qui ressemblait à s'y méprendre à l'un des héros d'un roman de Mishima qu'il voulait changer.

Il était tard et il n'y avait personne dans la rue ; il lui asséna un formidable coup de poing dans la figure. Puis il lui donna des coups de pied jusqu'à lui faire perdre connaissance, le traîna dans un bâtiment désaffecté non loin de là, l'attacha à un pilier de béton, lui arracha les yeux avec un tournevis et les mit dans une boîte avec la page du livre de Mishima, avant de lui donner le tout pour qu'il l'envoie à la femme qui repoussait son amour.

Sourd aux gémissements, aux cris et aux prières de sa victime, « Pitié ! ... Pitié ! Qui êtes-vous ? Je ne vous connais pas... Je ne vous ai rien fait... Ayez pitié de moi... Mon Dieu... », il se retourna vers son invisible personnage et lui cria sur un ton plus ulcéré encore : « J'espère que tu as compris, maintenant ! Tu as intérêt à faire attention, la prochaine fois... »

Il lui fallut à maintes reprises prendre les choses en main pour corriger ses créatures, de sorte que les crimes macabres se multiplièrent dans la région. À côté des cadavres mutilés, on trouvait toujours la signature de l'assassin : une ou plusieurs pages détachées de romans ou de nouvelles dont il avait revu et corrigé un passage.

Tout le monde finit fatalement par parler avec terreur du mystérieux tueur en série que l'on tenait désormais pour l'auteur de tous les crimes non déclarés. On mit sur l'affaire les hommes les plus capables des autorités policières, qui travaillaient assidûment sur son « cas singulier », pour reprendre leurs termes, en collaboration avec des spécialistes du monde entier, mais malgré leurs tentatives multiples et les nombreux pièges qu'on lui tendit, l'assassin réussissait toujours à s'en tirer d'une façon ou d'une autre. Jusqu'au soir où il voulut prendre un thé et lire son journal dans un café avant d'arracher le cœur avec un couteau aiguisé à la jeune fille encore vivante qu'il avait séquestrée et de l'envoyer à son amoureux. Il lut dans un article du journal que ce qu'il avait l'intention de faire subir à sa victime, un autre l'avait déjà fait : il avait envoyé le cœur de sa femme à son amant avec une note qui disait « Maintenant, il t'appartient pour de bon ».

La ressemblance frappante des circonstances le bouleversa, le remplit d'horreur, lui donna la nausée. Il se serait sans doute longtemps torturé l'esprit pour essayer de répondre à la question qui le taraudait : « Comment a-t-il pu me voler mon idée ? », s'il n'avait ressenti le besoin urgent de donner une autre fin à l'histoire qu'il avait imaginée. Au lieu d'enfoncer son couteau dans le cœur de la jeune fille enchaînée, il lui lacéra le corps et lui trancha la gorge, persuadé, tandis qu'il déposait auprès d'elle une page détachée d'un roman, qu'elle mourrait bientôt d'hémorragie. Mais la réalité fut autre, car quelques secondes après sa fuite, un jeune délinquant qui passait par là trouva la mourante et avertit la police. Celle-ci veilla à ce que la presse ne se doutât de rien et réussit enfin, à partir des détails fournis par la jeune fille et des indices réunis depuis quelque temps, à identifier l'assassin et à l'arrêter.

Le terrible assassin anonyme avait enfin un nom et un visage aux yeux de tous. On se mit à parler partout de son calme étonnant et de son érudition, de son envie de communiquer. On racontait son histoire comme un feuilleton télévisé et les conversations se déchaînaient sur les moments déterminants de sa vie.

On commentait la mort de son père (alors qu'il n'était qu'un enfant) dont l'absence avait fait violemment trembler le sol sur lequel il marchait. On analysait aussi la fuite de sa mère : perdre sa trace avait dû lui procurer une si vive douleur !

Ses années passées dans un internat réputé pour sa rigueur (un établissement pour enfants abandonnés tenu par des religieux) alimentaient également les débats. Certains de ses camarades de classe se souvenaient de lui. Ils expliquèrent lors d'entretiens transcrits dans les journaux, retransmis à la télévision et à la radio, qu'il était un « élève curieux de tout, qui voulait tout apprendre et posait des tas de questions ». Il passait souvent de l'enthousiasme au silence et affichait un sourire mélancolique en toutes circonstances.

D'autres se souvenaient de ses interventions pertinentes en classe, de sa passion pour le sport et l'histoire, tandis que ses anciens professeurs parlaient de l'application et de la régularité qu'il mettait dans son travail (encore qu'il fût facilement distrait), et de sa douceur naturelle qui ne faisait place à la violence qu'à de très rares occasions : sans crier gare, pour une raison futile, il se rua un jour sur un camarade de classe pour l'étrangler, lequel n'en réchappa que grâce à l'intervention des autres. Une autre fois, pendant un match de football, il se disputa avec un joueur de l'équipe adverse et lui envoya un coup de pied dans la tête. Ils ajoutèrent qu'il ne manquait que très rarement l'office du dimanche, qu'il aimait psalmodier et changeait de conversation ou baissait les yeux, muet, dès qu'il était question de famille.

Ses propres élèves, auxquels il avait enseigné les mathématiques, avaient des souvenirs analogues : il pouvait être disponible et tendre, très proche d'eux, mais il pouvait aussi se montrer « extrêmement distant, inaccessible, dissimulé derrière un masque de courtoisie ». Mais ce qui frappa tout le monde, y compris les spécialistes qui s'étaient penchés sur son cas et les autorités compétentes, était l'absence totale d'un sentiment de culpabilité vis-à-vis de ses crimes, qui suggérait une ignorance absolue du mal : il justifiait le plus naturellement du monde tout ce qu'il avait fait par un impératif littéraire.

Quant aux accusations portées contre lui, il les entendit avec l'apathie d'un homme qui préfère ses propres analyses, avec un calme sidérant doublé d'un talent de narrateur hors du commun. Les autres détenus de la prison aimaient ses récits et appréciaient les connaissances qu'il avait accumulées au fil de ses lectures. Ils lui témoignèrent rapidement du respect, comme on en témoigne à une présence précieuse, à une source permanente de sagesse et de réflexion sur la vie. Ils ne le quittaient plus, le suivaient partout où il allait pour lui confier leurs problèmes. Ils l'informaient aussi de ce qui se passait de l'autre côté des barreaux de sa cellule. Comment auraient-ils pu, dans ces conditions, ne pas l'initier au grand coup qu'ils préparaient depuis si longtemps dans les moindres détails, avec une incroyable méthode ?

La nuit venue, donc, comme convenu, un peu après minuit, ils l'emmenèrent avec eux et longèrent la galerie souterraine qu'ils avaient creusée jour après jour avec beaucoup de patience, et arrivèrent ainsi à l'extrémité de la cour où ils faisaient d'ordinaire leur exercice quotidien. Là, dès qu'ils furent sortis de la bouche d'égout, ils attaquèrent par surprise les gardes armés dont trois des détenus endossèrent les vêtements. Ils s'approchèrent sans bruit de la patrouille, par derrière, et tirèrent sur elle, puis ils abattirent les deux chiens féroces, ouvrirent la porte par laquelle passaient le jour les camions de ravitaillement des cuisines et, protégés par l'obscurité de la nuit, se dirigèrent tous vers le bord de la mer. Sans grande résistance de la part de son propriétaire terrorisé, ils s'emparèrent d'un hors-bord et gagnèrent la rive d'en face. Et là, dans une forêt située à quelques centaines de mètres à peine de la ville, ils se dirent adieu et se dispersèrent.

Les jours suivants, la police remit la main sur la plupart des fugitifs. Mais le tueur en série, dont le procès prévu le mois suivant était attendu comme le seul événement notable dans les annales de la région, demeura introuvable en dépit de la persévérance des autorités.

Naturellement, personne n'imagina qu'il était le seul à ne pas avoir pris le chemin de la ville. Il avait préféré marcher sur les versants touffus de la montagne voisine, où il avait fini par tomber sur deux bergers jumeaux âgés d'une trentaine d'années, analphabètes et coupés de l'actualité quotidienne. Ils vivaient des laitages qu'ils produisaient eux-mêmes dans leur domaine peuplé de brebis et de chèvres. C'est là que s'installa notre lecteur entreprenant, qui se lia d'amitié avec les deux hommes.

Sans rien savoir de lui, les deux bergers se plaisaient en sa compagnie. Leur vie s'écoulait au rythme des pâturages et des aventures et récits qu'il leur contait si bien.

Notre homme coulait des jours tranquilles loin du monde, tandis que sa disparition avait plongé ses anciens concitoyens dans une folie collective : tout crime dont on ne connaissait pas l'auteur lui était systématiquement imputé. La panique était telle que, dans l'espoir d'anticiper ses futures entreprises meurtrières, on se mit à lire avec passion les romans policiers et les œuvres de la littérature classique où il était question de crimes. Les gens finirent par avoir un rare niveau de connaissances bibliographiques, au point que beaucoup des habitants de la ville savaient par cœur des passages entiers, voire la totalité des œuvres des grands auteurs. On organisait maintenant des réunions où l'on échangeait des idées et des hypothèses sur le prochain crime de l'assassin.

N'oublions pas de préciser que, parallèlement à ces exercices intellectuels, tout le monde était armé et s'entraînait régulièrement au tir pour le cas où le tueur en série se manifesterait. Or, après avoir joui un temps de sa vie bucolique dans les montagnes, l'homme ressentit un soir une irrépressible envie de rentrer chez lui, ne fût-ce que brièvement.

Il dit au revoir aux deux bergers jumeaux, les remercia de leur hospitalité et prit le chemin du retour. Heureux, il parcourut de nuit – c'était un vendredi – les étroits sentiers de la forêt, déboucha sur la route principale puis emprunta le périphérique. Plus tard, dans un virage serré, il fut soudain renversé par un camion dont le chauffeur ne l'avait probablement pas vu, et traîné sur plusieurs mètres avant de rouler, les jambes broyées, sans vie, au bord de la chaussée, où le découvrirent des passants. Ils avertirent la police qui annonça le décès.

La nouvelle donna lieu à des fêtes et des réjouissances où l'on but dans l'allégresse, car on échappait enfin à une terrible menace. Dans un article consacré au lecteur entreprenant, un journaliste écrivit que, cette fois, au lieu de partir des pages d'un roman connu pour modifier le cours des événements, il était parti de l'épisode de sa mort pour errer ensuite parmi les images et les mots d'un roman inédit à l'auteur anonyme.

J'ENTENDS LA VOIX DE LA NUIT – LES MOTS DES ARBRES

Le héros de cette histoire venait à peine d'achever l'écriture de sa nouvelle *De l'ambition*, lorsqu'il se sentit soudain vide d'énergie, maussade, sans élan ni envie de s'engager dans une autre production littéraire. Il éprouvait une sorte de pesanteur, d'inertie, et avait l'impression d'avoir prématurément vieilli, même si sa carte d'identité ne lui donnait pas plus de quarante ans. Il avait dans la tête cette phrase familière, dont il ne savait plus s'il l'avait lue dans un texte d'Hemingway ou ailleurs : « Il vaut mieux avoir écrit quelques lignes... que rien du tout. »

Il se mit à chercher les causes de son état. Peut-être la nouvelle qu'il venait de terminer ne l'avait-elle pas satisfait ; peut-être avait-il lui-même besoin d'émotions intenses pour retrouver l'inspiration ; peut-être traversait-il tout simplement une période d'épuisement naturel, comme tous les écrivains qui se sentent temporairement l'âme et le corps vidés après avoir achevé un livre. Mais comme le temps passait et qu'aucune des hypothèses qu'il avait formulées ne se vérifiait, force lui fut de se poser cette question essentielle : sa veine créatrice s'était-elle tout à fait tarie ?

Et sa mémoire le replongea alors à l'époque lointaine où, alors que les autres adolescents ne connaissaient que l'insouciance, lui avait découvert, à un moment qu'il n'avait jamais voulu analyser, la magie de la solitude : toute présence humaine lui paraissait un poids insoutenable et il ne se sentait serein que lorsqu'il se trouvait seul. Il avait dit à ses camarades de classe qu'il écoutait la voix de la nuit, les mots des arbres, le murmure du vent, le souffle du feu, le son de la pierre que la lune colorait d'argent.

Et quand ses amis s'agaçaient de ce qu'il disait, il leur conseillait de ne pas chercher à analyser sans cesse les choses, car le mécanisme de la pensée toujours en action peut tuer l'instinct et étouffer la perception. Il les incitait à faire des promenades solitaires au bord de l'eau, dans les bois, les montagnes, à s'abandonner à la pluie et aux sons de la mer, bref, à passer de longues heures seuls, près des éléments de la nature.

Il n'est pas difficile d'imaginer comment une telle attitude, à un âge si précoce, put venir à bout de la patience de ses camarades : ils se mirent bientôt à rire à ses dépens, à le tourner en dérision jusqu'à la caricature et l'ironie cynique. Leurs sarcasmes et leurs farces méchantes eurent peu à peu raison de la résistance de notre héros qui se sentait transpercé et déchiré par des flèches empoisonnées.

Oh ! Comme la mémoire savait rendre vivantes ces images de son adolescence ! Il se rappelait que tandis qu'il marchait ou courait, il avait l'impression que son corps – ses bras, ses jambes, sa tête – avait perdu son architecture, son anatomie normale, qu'il n'était plus capable de se synchroniser dans son harmonie naturelle : ses membres étaient comme pêle-mêle, indépendants les uns des autres, désolidarisés d'un corps qu'une explosion aurait fait éclater, dispersant les morceaux çà et là.

Cela se ressentait aussi dans son état psychique. Il se rappelait maintenant que ses émotions étaient changeantes, que ses sentiments pouvaient passer brusquement de l'enthousiasme au découragement, de la joie à la tristesse, et vice versa. Bref, sa vie quotidienne n'était plus qu'une longue suite de paradoxes et de contradictions.

Avec le temps, son état avait fini par déteindre sur la réalité environnante : il voyait les arbres voler, les maisons se déplacer, les hommes marcher dans l'air ou sur les vagues de la mer. Les animaux enfourchaient les nuages, le ciel s'unissait à la terre, les oiseaux prenaient des dimensions de géants, la lune se plantait sur la tête des femmes, la pluie avait des reflets d'argent ; autant de visions qui l'auraient sans doute conduit tout droit à l'hôpital psychiatrique si sa raison ne lui avait dit que ce qu'il voyait n'était que la projection de son moi éclaté. Il n'avait donc d'autre choix que de prendre patience et d'attendre de voir comment les choses évolueraient.

Mais lorsqu'il constata que la situation ne changeait pas et que son état l'amenait progressivement à ne plus rien désirer au quotidien, il se mit à observer avec intérêt l'évolution de cet éclatement progressif. Oui, ses souvenirs le confirmaient, il voyait dans ce cheminement une véritable délivrance. En vérité… l'ampleur de la désintégration le fascinait, parce qu'elle présageait un état où il cesserait de sentir, de désirer et de s'émouvoir. Comme la route vers l'apathie, vers l'insensibilité et l'absence de désirs lui paraissait belle !

Mais le temps passait sans qu'il parvienne à cet état auquel il aspirait. La désintégration se poursuivait, les garçons de son entourage étaient plus agressifs que jamais envers lui, et après avoir tout essayé, il n'avait trouvé pour soulager sa douleur que cet exutoire : il écrivait sous forme de notes, dans son journal, tout ce qu'il vivait, tout ce dont il faisait l'expérience.

Et il avait alors constaté que l'écriture lui permettait petit à petit de recoller les morceaux dispersés de son moi : il pouvait enfin se restructurer, reconstituer son anatomie externe et interne. Une fois passés la surprise et les doutes des premiers temps, cette découverte lui apporta bientôt une certitude : ni l'idée ni la pratique de l'écriture, qui n'avait jamais fait partie de ses rêves, ne le fascinaient. Mais elles exerçaient sur lui un effet thérapeutique, elles lui rendaient sa sérénité perdue, et cela lui suffisait.

Dès lors, il s'était mis à remplir les pages de son journal avec une régularité quasi quotidienne. Il n'y mettait aucune érudition, aucune recherche, aucun de ces traits ou de ces effets que l'on trouve chez les écrivains professionnels : il écrivait des textes spontanés, fiévreux. Et lorsque le dernier ami qui lui restait peut-être encore, un passionné de livres, les avait lus, il avait été tellement emballé qu'il avait persuadé l'auteur de l'autoriser à les montrer à un éditeur qui lançait de jeunes écrivains.

L'éditeur les avait lus à son tour, les avait approuvés, et c'est ainsi qu'avait démarré une carrière à laquelle le public avait réservé un accueil chaleureux, mais qui, on se le rappelle, s'était interrompue après la publication de la nouvelle intitulée *De l'ambition*.

C'était la première fois après toutes ces années qu'il était à court d'idées. Sa production littéraire s'arrêta sans qu'il pût fournir une explication raisonnable à son éditeur qui, après avoir attendu quelque temps, commença à croire, à l'instar des médias, que l'écrivain était fini. On racontait des anecdotes sur sa fameuse « stérilité », et même sur son œuvre passée que certains critiques malveillants n'hésitèrent pas à démonter dans des articles écrits *a posteriori*.

Tant et si bien que personne ne l'approchait plus ; personne ne cherchait plus à savoir ce qu'il était devenu, et lorsqu'on le croisait quelque part, on l'évitait. Sans doute cela lui valait-il la solitude que lui-même recherchait (et qui lui convenait, comme au temps de son adolescence), mais il sentait en même temps revenir les symptômes qu'il ne connaissait que trop bien : la désintégration intérieure et extérieure, l'éclatement de son moi. Il était de nouveau sur le chemin de la disparition. Mais alors que l'adolescent l'avait trouvé impraticable, l'homme mûr qu'il était à présent avait une attitude différente : il observait ce qui lui arrivait, toutes les attaques et les méchancetés des autres, il suivait les progrès quotidiens de son morcellement avec une apathie qui excluait tout désir de réaction et qui l'amena finalement à croire qu'il pouvait être le spectateur indifférent d'une disparition, la sienne, à laquelle il aspirait depuis des années.

Les mois s'écoulaient ; plus il s'enfonçait dans cet état, plus la fascination qu'exerçait sur lui le processus de désintégration grandissait. Il dut en arriver à un sentiment d'admiration extrême, puisqu'il décida soudain d'en immortaliser la beauté et d'en faire profiter son entourage par son témoignage. Il entreprit de noter dans son journal la façon dont il vivait son quotidien.

Or à peine avait-il commencé qu'il constata que le morcellement s'était arrêté et que son moi avait retrouvé sa cohérence. Il se sentit même envahi d'une joie ineffable : oui... oui... il remettrait tous ces textes à son éditeur.

À sa grande surprise, l'éditeur accepta de les prendre et de les lire. Enthousiasmé, il les publia et le volume devint un best-seller. Quant à notre écrivain, il se convainquit que l'idée de la disparition ne lui était venue que pour alimenter sa créativité ou que la mort ne l'avait pas trouvé prêt à la suivre.

Il ne s'en préoccupa donc plus, même pas lorsque, quelques années plus tard, une maladie rare lui fit perdre totalement la vue. L'écriture était devenue toute sa vie et il débordait d'idées qui devenaient des livres très appréciés, des romans ou des nouvelles qui portaient tous la même marque : un paragraphe écrit en guise d'épilogue qui disait toujours : « J'entends la voix de la nuit, les mots des arbres, le murmure du vent, le souffle du feu, le son de la pierre que la lune colore d'argent... »

LE KICK-BOXEUR

La formule « Un malheur n'arrive jamais seul » que l'écrivain avait entendue autrefois quelque part lui revint à l'esprit lorsque son incapacité prolongée à trouver un nouveau sujet d'écriture s'ajouta à l'annulation par son éditeur d'une avance importante promise pour la dernière de ses nouvelles dont il venait de lui présenter le résumé. Il fallait ajouter à cela la remise à une date ultérieure et indéterminée de sa candidature à un poste universitaire en raison d'un changement politique à l'Éducation nationale, et sa rupture après trois ans de vie commune, sa compagne le trouvant insupportablement bizarre et fatiguant.

Crise était bien le mot qui convenait à sa situation, sauf qu'au lieu de le pousser, selon la logique étymologique (puisqu'en grec *crino* veut dire choisir), à des choix décisifs, elle l'enfonçait tous les jours un peu plus dans son marasme. Il finit par renoncer tout à fait à écrire, tandis qu'angoisse, tristesse profonde, maux de tête, sautes d'humeur, cauchemars, insomnies, errances interminables dans les rues et tournées jusqu'au petit jour dans les bars de la ville n'étaient que quelques-uns des symptômes de son état, qui tantôt le plongeait dans une profonde mélancolie, tantôt le rendait irascible. Son mal-être était tel qu'il se disputait fréquemment pour une bagatelle avec ses voisins, avec les passagers dans le bus ou le train, avec les clients des magasins, avec n'importe qui, et ces querelles dépassaient parfois le haussement de ton pour frôler la violence physique.

C'est cette tournure que prirent les événements ce jour-là : sous le prétexte d'une priorité refusée, il y eut d'abord des gestes insultants, puis des cris et des injures. Et l'autre automobiliste de bondir de sa voiture, furieux et menaçant, pour se jeter sur lui. Dans la bagarre, l'écrivain réussit à étendre son adversaire, mais au lieu d'abattre son poing levé sur le visage de l'inconnu, il se contenta de proférer des menaces. L'autre ne fit pas preuve de la même retenue : dès qu'il en eut l'occasion, il le roua de coups. Au point que les passants attroupés commençaient à craindre le pire (il avait déjà les sourcils et les lèvres en sang), lorsque l'un d'eux intervint : d'un coup de pied dans les côtes et d'un coup de poing à la mâchoire, il arrêta net l'automobiliste déchaîné et lui fit une telle peur que ce dernier s'éclipsa sans demander son reste.

L'économie et l'efficacité des gestes de son *deus ex machina*, pareils à ceux d'un danseur, impressionnèrent l'écrivain, que dis-je, le fascinèrent tant qu'après s'être rendu à l'hôpital le plus proche en sa compagnie, il accepta sa proposition d'aller boire un verre au café d'à côté.

Leur conversation lui apprit que l'inconnu était un ancien champion de kick-boxing et qu'il avait fondé sa propre école, dont l'objectif, outre la compétition, était de former des athlètes dont le corps et l'esprit travaillaient dans un équilibre harmonieux à la connaissance de soi et à l'auto-défense. Les paroles du maître résonnèrent comme un gong dans la mémoire de l'écrivain et le plongèrent soudain dans son enfance, à l'époque de ses dix ans : était-ce en raison de son éducation, était-ce par tempérament – à moins que ce ne fût parce qu'un de ses camarades de classe qu'il avait frappé s'était évanoui sous le coup d'une commotion – qu'il ne pouvait à cet âge se résoudre à frapper qui que ce soit, même lorsque les circonstances l'y autorisaient ? De sorte que ses camarades avaient tôt fait de le traiter de lâche, de poltron, de poule mouillée et autres sobriquets bientôt accompagnés de coups de poing et de coups de pied qui couvraient son corps d'ecchymoses et de plaies.

Tous les visages de son enfance, le blond, le rouquin, le type aux yeux verts, « la bande des tueurs » comme on les avait surnommés en raison de leur cruauté notoire, et quelques autres, ressurgissaient du passé, ici, dans ce café près de l'hôpital. Il lui semblait les avoir tous devant lui, à la récréation, ou à la sortie de l'école, où ils ne manquaient pas une occasion de le tabasser en ricanant.

La gorge serrée au souvenir de sa douleur morale et physique, il se rappela aussi le rite secret qui lui tenait lieu de vengeance : chaque soir, ses parents endormis, il reprenait dans le calme de sa chambre tout ce qu'il avait subi au cours de la journée et le réécrivait dans un cahier, assis à son bureau faiblement éclairé. Il remaniait les événements ou leur donnait une suite, dans laquelle son imagination trouvait toujours un moyen d'infliger une punition exemplaire à ceux qui l'avaient brutalisé.

Combien de fois le blond, le rouquin, le type aux yeux verts et les autres n'avaient-ils pas reçu la raclée de leur vie dans les pages de son cahier ! Des coups de poing et des coups de pied qui les mettaient en sang et les laissaient inconscients, édentés, le visage tuméfié, les côtes brisées. Et quel rôle ne jouèrent-ils pas par la suite quand, à vingt ans, reprenant toutes les pages ainsi accumulées pendant plusieurs années, il écrivit son premier roman, l'histoire d'un boxeur qui décidait de punir tous ceux qui l'avaient torturé dans son enfance ; ses uppercuts avaient la force et la vitesse de ceux du Cubain Stevenson, de l'Argentin Monzon, ou de l'homme de fer, l'Américain Tyson !

Oui... oui... tous ces souvenirs étaient ici. Attablé devant lui, dans le petit café près de l'hôpital. Il comprenait que si son incapacité d'autrefois à user de ses poings avait débouché sur l'écriture, aujourd'hui, c'était sa panne d'écriture qui avait fait ressurgir sa peur refoulée de frapper de son poing une cible humaine.

Cette situation pouvait-elle être l'une des raisons qui avaient inhibé son écriture et empêchaient son imagination de donner naissance à un nouveau roman en ce moment ? C'était là une question à laquelle il ne pourrait répondre qu'en vivant l'expérience d'un affrontement aux poings. Était-ce possible après tant d'années ? Il aurait dû réagir immédiatement avec le type. Il reconstitua mentalement les événements.

Combien de fois n'avait-il pas entendu dire que cet exercice peut amener à décrypter son passé ? Peut-être opérerait-il comme une thérapie à retardement, puisque la prise de conscience d'une blessure est à ce qu'on dit la première étape de la cicatrisation. Oui... oui... ces réflexions lui montraient la voie.

Ainsi, avant de quitter le café, lorsque son sauveur lui proposa aimablement de passer à l'occasion s'entraîner avec son équipe, il le prit au mot. Sans la moindre hésitation, dès le lundi suivant, il effectua son premier entraînement. Avec une détermination évidente, il s'échauffa avec les autres athlètes : course, pompes, abdominaux, mouvements de gymnastique suédoise, puis coups de poing (directs, uppercuts, crochets) et coups de pied (de face, de côté, circulaires, en croissant, et autres).

Dès la semaine suivante, il put commencer à taper dans des sacs et des coussins de cuir avec une satisfaction qui laissait présumer le comportement qu'il adopterait face à une cible humaine. Et en effet, ce mercredi-là, jour de son premier combat avec son entraîneur, il connut un tel plaisir que, dès lors, coups de poing directs au corps à corps et coups de pied crochetés devinrent non seulement son langage, mais aussi l'instrument thérapeutique qui fit bientôt disparaître ses angoisses, maux de tête, idées noires, insomnies, sa nervosité et autres ; il en oublia aussi sa crise littéraire et nota dans son journal que « le désir d'écrire reviendrait bien de lui-même » et que « les arts martiaux » lui donnaient la sensation d'être tout à la fois « guerrier, danseur, peintre, musicien et acteur », puisqu'il trouvait tout cela réuni dans sa quête de l'harmonie corporelle et spirituelle.

Il s'entraînait avec passion, se montrait infatigable, patient, attentif au détail et précis dans ses coups, cherchait à obtenir un résultat optimal avec un minimum de mouvements, comme il le répétait aux jeunes boxeurs qu'il soutenait lors des rencontres sportives du club, amicales ou officielles, et retrouvait aussi volontiers dans des tavernes, à l'occasion de réunions, de sorties chez des amis, au cinéma... Comme il ne participait pas aux championnats – en raison de son âge, l'idée ne l'avait jamais effleuré, d'ailleurs on ne le lui avait pas proposé jusqu'à présent – il reportait tout son enthousiasme sur les jeunes kick-boxeurs de l'école, comme lors des récentes rencontres interclubs dont le vainqueur devait être proclamé champion du pays. Prenant des notes et observant chaque combat, il soutint constamment son équipe pendant toute la durée de la rencontre, avec force acclamations et applaudissements.

Arriva le moment du combat des moins de 85 kilos. Le boxeur de son équipe ne se présenta pas : il avait eu un accident de voiture sur la route du stade. Quant à son remplaçant, une grève des pilotes l'avait empêché de prendre son avion. Leur absence risquait de priver le club du droit de présenter d'autres athlètes. La menace de l'annulation était suspendue au-dessus de leurs têtes comme une épée de Damoclès : ils y perdraient des points et le titre de champion.

On se rappela alors que l'écrivain appartenait précisément à la même catégorie. Tous les regards s'arrêtèrent sur lui. D'abord surpris et hésitant, il finit par céder aux encouragements de son *deus ex machina* : il partit en trombe se changer, enfila son short, ses gants, ses jambières et monta sur le ring où l'attendait un jeune homme de vingt ans, grand, puissant et au mieux de sa forme.

Pressé de le vaincre, son adversaire s'efforça tout d'abord de lui imposer son propre rythme en lui assénant de rapides uppercuts dans les côtes, à l'estomac et au visage, associés à des coups de pied directs et circulaires. L'écrivain put les parer grâce à son excellente condition physique et à son expérience qui lui inspira de jouer la défense, d'économiser ses forces, de ne jamais délaisser sa garde, préférant se déplacer à droite puis à gauche pour fatiguer le jeune homme tout en lui balançant des low-kicks pour le déstabiliser.

Il parvint à garder ce rythme durant trois rounds, mais au quatrième, un terrible crochet de son jeune adversaire, suivi de près par un uppercut droit, le souleva littéralement du sol et l'envoya au tapis, assommé. Déjà, l'arbitre au-dessus de lui entamait le compte fatidique qui le déclarerait knock-out.

Il ne se serait pas relevé – son corps n'en avait plus la force et son esprit ne réagissait pas – si soudain n'étaient apparus devant ses yeux le blond, le rouquin, le type aux yeux verts, la bande des tueurs au complet et tous ses anciens camarades de classe sur le ring. Comme si le temps s'était arrêté, comme s'ils n'avaient pas grandi, à moins que ce ne fût lui : ils étaient devant lui, main dans la main, l'encerclaient, prêts à se ruer sur lui, à le brutaliser comme ils savaient si bien le faire.

Oh non... non... ça n'allait pas recommencer... non... non... cela devait cesser... une bonne fois pour toutes... plus jamais... jamais... plus jamais... jamais. « Relève-toi tout de suite... debout, maintenant... vite... C'est maintenant ou jamais... Règle tes comptes... » Même plus tard, en se remémorant les événements, il n'aurait su dire si la phrase était le fruit de son désir et de sa volonté, ou si elle était sortie de la bouche de son entraîneur dont il avait rencontré le regard encourageant, alors qu'il était au tapis, au moment même où l'arbitre comptait *huit*. Il se redressa comme un ressort, tendit ses mains gantées pour les faire contrôler par l'autorité responsable de la rencontre, reçut le OK de rigueur, et se jeta à corps perdu dans le combat. Il frappa rageusement le blond, le rouquin, le type aux yeux verts et tous les autres, connus et inconnus. Profitant de l'assurance de son adversaire, dont la défense s'était quelque peu relâchée dans la perspective d'une attaque décisive, il lui asséna un brusque revers du gauche au visage, aussitôt suivi d'un direct du droit. On aurait dit un danseur ou un chef d'orchestre dans ces moments d'exaltation où ils se surpassent. Il démolit le jeune homme comme un château de cartes et le laissa à terre, inerte.

L'arbitre compta jusqu'à *neuf* avant que le jeune homme se relève, et le combat prit fin quelques secondes plus tard. Les juges prononcèrent le match nul, ce qui déchaîna les applaudissements du public. Son équipe lui fit une véritable ovation. Tous criaient « Bravo... bravo ! », lui caressaient les cheveux, lui tapotaient les mains et le dos pour le féliciter, lui servaient du champagne. Ils le hissèrent même sur leurs épaules pour lui faire faire le tour du ring.

Devant toutes ces manifestations de joie, l'écrivain demeurait impassible, comme s'il n'avait rien senti ni entendu. Il ne faisait que regarder devant lui le blond, le rouquin, le type aux yeux verts, la bande des tueurs et tous les autres, connus et inconnus, qui couraient blessés, tels des rats étourdis dans une fuite éperdue, pareils aux Lilliputiens terrifiés lorsque Gulliver brise ses chaînes et se met debout.

Il les regarda courir... paniqués... courir le plus vite possible... et sortir... de sa tête et de son corps, comme si c'était lui-même que le direct du droit avait atteint et ouvert : de l'intérieur avaient jailli tous ces petits hommes, leur place désormais vide était envahie par un flot de lumière, une sensation semblable à une invisible sérénité qui l'habitait tout entier.

S'il ne savait plus comment il avait échappé à la fête que lui faisaient ses coéquipiers, il se rappelait avoir marché seul pendant des heures dans les rues, avoir traîné en regardant les vitrines et, de retour chez lui, épuisé, avoir dormi tout habillé d'un sommeil sans rêve. Il se réveilla peu avant l'aube, s'assit à son bureau, prit une page blanche et son stylo, et se mit à écrire, mû par un besoin irrésistible. Conscient qu'il ne devait pas haïr les persécuteurs de son enfance, il regrettait de les avoir laissés disparaître dans leur fuite éperdue. Il leur devait au contraire le respect, parce que c'était grâce à eux, ses ennemis, qu'il avait pu dépasser ses propres limites, se rapprocher de lui-même, mieux se connaître. Ils lui serviraient désormais de modèles, ils alimenteraient les pages de ses écrits et apporteraient à ses textes l'alibi du réel.

BLEU NOIR OU LA VENGEANCE DE LA BEAUTÉ

Le jour de son quatrième anniversaire, le petit garçon était dans les bras de sa mère près de son père quand soudain il leur cria « Le ciel et la mer se mélangent... Le bleu est devenu tout noir... Il vient sur nous... ». Mais ils ne lui accordèrent pas l'attention voulue, jusqu'au moment où la petite barque louée pour la partie de pêche fut encerclée par des vagues en furie qui n'en firent qu'une bouchée et les laissèrent blessés et bouleversés sur le rivage le plus proche. Et tandis que le souvenir que les parents en gardèrent n'était plus, avec le temps, que celui d'une aventure désagréable, d'une histoire que l'on raconte avec une pointe d'humour amer, il prit chez leur fils unique l'allure d'un cauchemar :

pendant des années, le garçon associa le bleu noir à une menace. Qui plus est, lorsqu'une amie de la famille, une astrologue, lui dit d'un ton docte « Méfie-toi des yeux bleus », il se mit discrètement et systématiquement à éviter la compagnie de tous les individus aux yeux bleus.

Lorsqu'il s'en trouvait parmi les jeunes qu'il fréquentait, il s'éloignait donc sans la moindre explication, donnant ainsi à son entourage l'impression d'être un individu mal élevé, voire bizarre, à tel point que les garçons de son âge ne manquaient pas une occasion de se moquer de lui et de faire toutes sortes de commentaires désagréables sur sa personne. Voyant moins dans sa passivité un refus de céder à leurs provocations que de la lâcheté – ce qui collait parfaitement à l'image qu'ils s'étaient déjà faite de lui, c'est-à-dire un individu seulement bon à être montré du doigt et nargué – ils ne se gênaient pas, partout où ils le rencontraient, pour l'embêter.

Et un soir où il se retrouva par hasard à la fête d'une de leurs camarades de classe, ce fut pire que jamais : les invités jouèrent à colin-maillard, la règle du jeu voulant que le premier attrapé par le joueur aux yeux bandés soit livré aux autres et tenu de se plier à leur caprice collectif.

Inutile, bien sûr, de préciser que l'on s'arrangea pour que, par le plus grand des hasards, le premier attrapé soit notre héros. Lorsqu'il entendit la sentence unanime « Un strip-tease ! », « Oui... oui... Un strip-tease ! Oui... oui... ouiiii ! », il refusa d'obtempérer et, naturellement, sous un tonnerre d'applaudissements, quelques-uns des invités prirent l'affaire en main. Après l'avoir brutalement immobilisé, ils lui ôtèrent un à un tous ses vêtements. Qui sait à quel genre d'idées leur entrain les aurait menés – déjà certains criaient « Qu'il nous fasse la danse du ventre... Qu'il s'habille en favorite de harem... Rasez-lui les poils des jambes... » –, si soudain ne s'était détachée d'eux celle qui venait d'arriver à l'école et qu'il ne connaissait pas encore, une grande brune aux yeux bleus, une fille splendide de l'avis général, au regard de lynx comme se plaisaient à répéter ses camarades de classe, qui s'étaient montrés fascinés, subjugués, à la seconde de son apparition. D'un pas ferme, elle s'approcha de la bande hilare devant le jeune homme nu et manifestement gêné, se fraya un chemin parmi eux et le tira vers elle. Elle lui fit enfiler rapidement un manteau et le conduisit dans une pièce où elle se mit à l'habiller avec des gestes tendres, qui suscitèrent en lui deux sentiments diamétralement opposés : il se sentait enveloppé par une douceur qui le poussait vers cette fille, et en même temps il était envahi jusqu'à l'asphyxie par la panique que lui inspiraient ses yeux d'un bleu intense.

L'insoutenable tension de cet état psychique contradictoire ne s'atténua pas les semaines suivantes, où la jeune beauté, indifférente à toutes les propositions galantes que lui faisaient les autres, ne manifesta d'intérêt que pour lui. Elle ne manquait pas une occasion de lui exprimer son admiration, pour sa virtuosité d'accordéoniste et pour ses talents de mathématicien. Elle avait toujours un mot aimable pour son esprit, sa gentillesse, son allure d'athlète ou son élégance vestimentaire toute personnelle ; câline, elle ne cachait pas le désir qu'il lui inspirait.

Ce désir, il le ressentait lui aussi, bien sûr, sauf que chaque fois qu'il était sur le point de s'abandonner à ses caresses, cette image du passé, le naufrage dans le bleu noir, lui revenait impérieusement et paralysait chez lui toute réaction spontanée.

Arriva un soir où, à l'occasion d'un voyage scolaire, ils se retrouvèrent tous les deux seuls sur le petit pont d'un quartier de Venise, juste derrière la place Saint-Marc : un baiser inattendu en amena d'autres, puis des caresses pleines de passion et de désir charnel, tandis que les vêtements déchirés laissaient le champ libre à leurs mains.

Le plaisir intense qu'il ressentit alors lui fit refouler de plus en plus profondément sa terreur d'enfant les jours suivants et revoir plus souvent avec une satisfaction grandissante la jeune fille qu'il souhaitait mieux connaître, pour reprendre les mots qu'il confia à ses rares amis.

Il apprit de la bouche de la jeune femme qu'elle venait d'une famille d'hôteliers propriétaires d'une chaîne internationale de bungalows sur une île magnifique de la Méditerranée où elle avait passé toute son enfance et son adolescence, avant de suivre ses parents venus s'installer dans la capitale pour des raisons professionnelles. Très jeune, lui avoua-t-elle, elle avait pris conscience de l'influence qu'exerçait sa beauté. Si, dans son enfance, cet étrange effet l'embarrassait et parfois même lui déplaisait, plus tard, vers la fin de l'adolescence, elle avait changé après avoir rencontré un ami de la famille, un brillant médecin d'une quarantaine d'années. L'homme était grand, brun, séduisant, courtois, éloquent et patient.

Elle avait fait avec lui ses débuts dans la vie amoureuse : grâce à lui, elle avait appris à connaître son corps, ses plaisirs et ses possibilités, elle avait réalisé ses fantasmes et avait surtout compris que souvent, ce que l'on qualifie de beau dans la vie courante – que l'on parle d'un corps, d'un savoir, d'un esprit, et ainsi de suite – doit être traité comme une expérience de la vie permettant d'accéder à une connaissance plus profonde de soi-même.

Et son amant, le médecin, l'avait rapidement mise en contact avec des jeunes de son âge, des garçons et des filles qui étudiaient à l'université où il enseignait et qui avaient créé une sorte de groupe : ils se rencontraient entre eux, souvent avec des gens d'âges différents, tantôt pour analyser des textes classiques d'autres civilisations, tantôt pour parler de leurs expériences, tantôt encore pour chanter, célébrer la beauté en se proclamant ses « prêtres ».

Comme la jeune femme et notre héros se concentraient sur leur ressenti, ils parlaient assez peu lors de leurs rencontres, juste le nécessaire, et pour le reste, chacun était libre de le vivre comme une aventure personnelle et comme une découverte. Une discrétion qu'elle-même observait scrupuleusement : elle ne disait rien à son amant, juste quelques phrases réservées destinées à inciter le jeune homme à venir à leurs rencontres.

Pour l'encourager un peu plus elle n'hésita pas à lui dire qu'il était fait pour ce genre de choses, que son instinct ne la trompait pas, et tout cela bien entendu avec cette insistance discrète et efficace, puisqu'il accepta de se rendre l'après-midi du jeudi à la rencontre des *prêtres de la beauté*. Elle fut si heureuse de sa décision que, non contente de lui dire avec chaleur « C'est merveilleux... je sais que maintenant nous ne nous séparerons jamais... nous resterons ensemble, pour toujours ! », trois heures à peine avant de retrouver à l'endroit convenu les autres membres du groupe, elle le mena rapidement au lit pour se donner à lui avec passion. Et quand caresses et baisers se fondirent dans l'orgasme, tandis qu'il la regardait, ses yeux prirent la teinte bleu noir qu'il connaissait si bien.

Devant la menace soudaine, il ne put pour se défendre qu'éviter la réunion et s'enfuir, ne répondant pas au téléphone ou n'ouvrant pas la porte lorsqu'elle ou des amis sonnaient. Et la semaine suivante, il prit une décision radicale : il annonça à ses parents que, puisqu'il avait fini sa terminale, il irait vivre dans une autre ville, chez un oncle, à l'insu de tous.

Là, dans sa nouvelle ville, il passa brillamment les examens d'entrée à l'université et s'inscrivit en faculté de pharmacie, toujours consciencieux dans son travail et toujours craignant les yeux bleus. On eût dit à en juger par ses fréquentations féminines qu'il préférait les filles sans grâce, tiens, comme celle qui avait les dents en avant et que tout le monde trouvait laide. « Mais intelligente », répondait-il en soulignant que « la beauté qui importe est celle de l'âme et du monde intérieur », celle, pensait-il, que possédait l'amie plutôt taciturne qu'il épousa dès l'obtention de son diplôme. De leur mariage naquit bientôt une seule et unique fille, une petite toute ronde et pleine de vie, qui était le portrait miniature de son père.

Il était littéralement envoûté par la petite, se trouvait toujours près d'elle, ne parlait que d'elle, s'en occupait tendrement, l'emmenait au parc ou à la fête foraine, et depuis que sa femme s'était mise à la gymnastique chinoise et à la philosophie bouddhiste, il ne manquait pas, pendant les longues heures d'absence de sa compagne, d'être près de son enfant avec qui il développa peu à peu une forte et solide relation de confiance.

On comprendra facilement pourquoi, en cet après-midi où il rentra chez lui et n'y trouva personne, il fut la proie d'une inquiétude qui ne cessa de grandir pendant quelques jours passés sans aucune nouvelle des siens et qui le poussa à s'en remettre à la police. Soucieux d'être prêt au moment où les bonnes nouvelles tomberaient, il meublait son attente en faisant des dessins et en confectionnant des jouets pour sa petite, ou en écrivant des lettres pleines de pensées et de mots tendres à son attention. Il disposait tout cela avec soin dans sa chambre d'enfant, comme lorsque l'on se prépare à accueillir un être cher.

Puis un jour, le téléphone sonna. Un policier lui demandait de se rendre à l'aéroport pour une vérification d'identité : c'était sa femme, qu'il eut d'abord du mal à reconnaître à cause de toutes les opérations qu'elle avait subies, pour ressembler, comme il le comprit plus tard, à une Asiatique. Elle arrivait du Tibet, elle avait été arrêtée avec de la drogue dans son sac. Elle n'hésita pas à dire à son mari ce qui s'était exactement passé : quelque temps plus tôt, tandis qu'elle vivait encore avec sa famille, elle avait fait la connaissance d'un bouddhiste allemand avec qui elle avait entamé une liaison. Quand son amant avait voulu partir habiter au Népal, elle l'avait suivi en emmenant leur fille dans le secret absolu, veillant à ne rien dire ni faire qui puisse avertir son père, qui se serait certainement opposé à un tel voyage.

Dans ce pays lointain, elle avait vécu presque un an avec l'enfant qui n'arrivait pas à s'adapter à sa nouvelle vie et ne cessait de réclamer le toit et la tendresse paternels, si bien que, toujours d'après ses aveux, la petite fille finit par refuser de boire et de manger et, sans que personne n'y pût rien, mourut.

On l'enterra à flanc de colline, près d'un monastère bouddhiste. Sa mère sombra peu à peu dans la dépression et s'initia au monde de la drogue que lui fournissaient son compagnon et sa bande.

Mais avec le temps, les remords la rongeaient de plus en plus et elle devint la proie de cauchemars et de délires, convaincue qu'elle mourrait bientôt elle aussi, ce qui bien entendu la poussa à hâter son retour dans son pays, pour dire la vérité qu'elle devait à son mari. Elle n'espérait pas son pardon. Et comme elle avait fait modifier ses traits pour que rien ne lui rappelât sa maudite personne, elle dût attendre assez longtemps et passer par bien des atermoiements avant de se décider à faire le voyage du retour auquel elle aspirait au plus profond d'elle-même. Elle avait apporté quelques vêtements de la petite et la plus récente de ses photos (à peine deux jours avant sa mort, maigre comme elle était, quelqu'un l'avait prise en photo) qu'elle remit à son père : il la prit dans ses mains, déjà apathique, les yeux fixes. Il s'en alla sans un mot, rentra en ville et erra longtemps sur le quai bétonné du port de commerce, avant de s'asseoir enfin sur un banc et d'abandonner son regard dans les paumes ouvertes de l'horizon.

Et comme le temps avait l'air de changer brusquement et qu'un orage se préparait, il vit soudain devant lui le ciel et la mer s'unir, leur bleu devenir d'un noir d'ébène, et fondre sur lui à une vitesse vertigineuse. Et bien qu'il manquât deux grands yeux bleus à cette image, il lui sembla entendre une voix du passé, familière, lui souffler à l'oreille : « Je sais que maintenant nous ne nous séparerons jamais... nous resterons ensemble, pour toujours... » Lorsqu'une rafale lui arracha des mains la photo de sa fille et la fit tourbillonner dans les airs, il eut conscience de subir son châtiment, la vengeance de la beauté.

L'HISTOIRE DE PERSONNE

Enfant déjà, lorsqu'il parlait de son avenir, le héros de cette histoire disait qu'il serait médecin et avocat et pilote d'avion et footballeur et homme politique et professeur et prêtre et entrepreneur et bien d'autres métiers encore, de sorte que les adultes lui répondaient par des phrases comme « Attends donc de grandir... Dans la vie, il faut choisir » et que les camarades de son âge l'appelaient ironiquement *Monsieur Personne.*

Ils ne manquaient d'ailleurs pas une occasion de se moquer de lui, tant et si bien qu'ils finirent par le pousser à répondre à leurs humiliations, puis, profitant de sa robuste condition physique, à user de la violence pour distribuer des coups de poing et de pied assez violents pour blesser sérieusement ses railleurs.

Ses professeurs et ses parents, par des remontrances ou quelquefois par des punitions à visée pédagogique (consistant à lui interdire de jouer dans la cour pendant la récréation ou de retrouver les enfants du quartier l'après-midi), s'efforcèrent de remettre le jeune irréductible dans le droit chemin, tandis que son impétuosité naturelle trouvait un autre exutoire : dès que le surveillant de l'école avait le dos tourné, il coinçait le camarade qui l'avait provoqué et le rossait sans témoin et en toute impunité.

C'est d'ailleurs certainement ce qu'il aurait fait un après-midi si le directeur n'était apparu inopinément au coin du réfectoire : sa présence retint Personne de tabasser le garçon qui se trouvait à quelques mètres de lui, mais ne calma pas sa colère, et il s'imagina qu'il avait couvert de sang sa presque victime à force de coups. Le plaisir inattendu que lui procura cette réaction instinctive était si intense qu'il décida dès lors d'adopter la même solution, chaque fois qu'il voudrait punir quelqu'un sans craindre ses professeurs et ses parents. Ainsi s'imagina-t-il un jour avoir terrassé tous les membres de la bande qui, pour se moquer de lui, avaient demandé s'il ne pouvait pas leur trouver un poste à eux aussi, puisqu'il deviendrait assurément premier ministre, si ce n'est président. Un autre jour, il roua de coups de pied un insolent du quartier qui le poursuivait en criant « Monsieur Je-sais-tout ! Je suis tout et rien du tout ! » Avec le temps, il prit l'habitude d'utiliser cette méthode face à d'autres impulsions : il s'imagina conquérir une jolie blonde qui avait refusé de sortir avec lui et ressentit quand elle lui céda des émotions bien réelles. Un autre jour, il s'imagina meilleur buteur au championnat de l'école, lui qui n'avait jamais joué dans l'équipe de football de sa classe. Sans oublier les vacances où il se retrouva en Inde en feuilletant un guide touristique, et j'en passe.

Ces fantasmes, qui demeuraient une expérience intime, lui procuraient un tel plaisir qu'il entama une vie secrète où il aimait mêler présent, passé et futur. Il y satisfaisait ses désirs quotidiens immédiats et y corrigeait de surcroît la vie et le comportement de ceux qui l'entouraient ou qu'il rencontrait dans les pages des livres, sur les écrans de cinéma ou à la télévision. Un héros de roman ou de film était pour lui une ébauche que sa fantaisie modelait pour lui faire vivre d'autres aventures, ce qu'il faisait souvent avec des faits divers lus dans les journaux, qu'il recréait selon ses propres termes. Cette habitude prit peu à peu une telle ampleur qu'il finit par ne plus faire la différence entre personnages réels et fictifs : tous étaient ses créatures, des projections de lui-même, des parties de son être, des avatars de son moi ; ils lui rappelaient le Protée de l'*Odyssée* dont il aimait tant entendre parler en classe.

Où donc aurait-il trouvé le temps de prêter attention aux critiques de ses proches, qui lui reprochaient de se refermer de plus en plus sur lui-même, de ne pas s'exprimer et d'être pratiquement inaccessible ? Peu lui importait qu'on cessât de l'inviter et que ses rares amis s'éloignassent les uns après les autres. Il lui suffisait de pouvoir vivre cette merveilleuse existence invisible, riche de métamorphoses et de voyages dans le temps. Et puis, il lui restait tout de même une petite poignée de camarades qui continuaient de goûter sa compagnie et parmi lesquels figurait depuis peu une très belle fille aux cheveux châtain clair fascinée par sa personnalité : elle n'avait d'yeux que pour Personne, lui témoignait admiration et tendresse, et surtout, elle l'acceptait tel qu'il était sans faire de commentaires. L'école terminée, quand ils se retrouvèrent à faire des études de chirurgie dentaire dans la même faculté, leur amitié devint relation amoureuse : ils ne se quittaient plus, restaient main dans la main pendant les cours, les excursions, les séances d'étude, les vacances. Toujours ensemble, partout. Et Protée de vivre sa double vie sans qu'elle s'aperçoive de rien et surtout sans qu'elle l'importune lorsqu'il partait pour une durée indéterminée, quelques instants ou plusieurs heures, vivre ses invisibles périples. Elle se contentait de penser que son ami avait de fréquentes absences ou se plaisait à se taire ; par son respect, elle se rendait plus aimable encore à ses yeux. C'est pourquoi, leurs études achevées, il céda à ses pressions : ils se marièrent et elle donna bientôt le jour à un garçon qu'ils aimaient tous deux du fond de leur cœur, mais qui pour le père semblait être plus précieux encore, puisqu'il ne le quittait pas une minute, ne cessait de penser à lui, de rêver à son avenir. L'idée de ne pas le voir, ne fût-ce qu'un instant, le plongeait dans une profonde mélancolie.

Pourtant cet amour ne paraissait pas influencer sa vie secrète, bien au contraire : il s'abandonnait de plus en plus souvent à ses voyages et à ses métamorphoses imaginaires, et finit par ne même plus se donner la peine de s'en cacher. Tiens, comme le soir où il se présenta à un chauffeur de taxi comme un juge, celle où il déclara à un inconnu dans le train qu'il était médecin, celle où il annonça à la caissière du supermarché qu'il était professeur de mathématiques, et ailleurs policier, ingénieur, entrepreneur, théologien, entraîneur de basket, et bien d'autres métiers encore.

Et tout cela, il le faisait avec l'aisance et la conviction de celui qui décline simplement son identité.

Un dimanche, au sortir du cinéma où il avait vu *Red Rock West* avec Nicolas Cage, son admiration pour l'acteur fit que, un peu après minuit, tandis que tout le monde dormait chez lui, il se leva instinctivement, sans bruit, se maquilla debout devant le miroir, s'habilla comme le héros du film, puis entra au hasard dans un bar. Rien n'aurait troublé son plaisir de boire un verre dans un coin discret de l'établissement si en un éclair, après le coup d'œil inquisiteur d'un garçon de café, il ne s'était soudain trouvé cerné par les habitués qui lui demandaient des autographes. Bientôt, les flashes des reporters et les caméras de télévision se mirent à danser et à étinceler autour de lui.

Il prétexta un besoin urgent de passer aux toilettes et là, au risque de se briser une jambe, sauta par la fenêtre dans la rue avant de s'enfuir à toute allure avec sa voiture, parce qu'il ne voyait pas comment échapper autrement à l'étau qui l'asphyxiait.

Pourtant l'épisode ne parut pas lui avoir laissé de souvenir déterminant, puisque des témoins prétendent l'avoir vu les jours suivants se présenter comme un tel ou un tel, ce qui aurait sans doute continué si un mois plus tard, à l'occasion d'une réception où il se trouvait avec sa famille, un inconnu ne s'était adressé à lui en disant « Monsieur le Juge... », juste avant que quelqu'un d'autre ne le salue en lui demandant « Comment allez-vous, professeur ?... »

Il eut la présence d'esprit de répondre aussitôt : « Vous faites erreur... vous devez me prendre pour un autre » pour rassurer sa femme stupéfaite, mais en vain. L'étonnement du regard de celle-ci fit peu à peu place à une vive inquiétude au cours des semaines suivantes, à force d'entendre des inconnus s'adresser régulièrement à son mari comme à un journaliste, policier, économiste, et ainsi de suite.

Enfin, lorsque Personne fut roué de coups de poing par un inconnu qui le menaça en lui disant que s'il perdait sa maison à la suite de ses mauvais tuyaux boursiers, il s'en prendrait à la vie de son enfant, sa femme cessa de croire à ses explications apaisantes et demanda le divorce.

Le caractère irrévocable de sa décision et l'argument selon lequel il était « un père dangereux » plongèrent Personne dans une profonde dépression, qui s'aggrava à partir du moment où il cessa de voir son fils chaque jour comme il en avait l'habitude, pour se contenter d'un week-end sur deux. Il n'avait plus qu'une idée en tête : le reprendre. Cette obsession qui finit par le convaincre que la meilleure de toutes les solutions qu'il avait envisagées était la vengeance : il punirait tous ceux qui avaient contribué à lui faire perdre son fils unique. Il châtierait la mère en dernier et commencerait par les témoins à charge, deux voisins qui avaient attesté sous serment qu'il était d'un caractère difficile, renfermé, inexpressif, asocial, taciturne, et par conséquent incapable d'élever correctement son enfant dont la garde devrait être confiée à la mère.

Le premier témoin sur sa liste était la grosse femme de l'étage du dessus au sujet de qui, son enquête faite, il retint l'information suivante : quelques années plus tôt, elle avait eu un amant beaucoup plus jeune dont elle s'était séparée parce qu'elle l'avait surpris en compagnie d'une de ses amies intimes. Grâce à sa position de directrice d'une entreprise privée, elle avait réussi à le piéger pour une irrégularité administrative et à le licencier sans indemnisation.

Protée se mit à suivre l'amant en question, aussi longtemps que nécessaire, pour en imiter parfaitement le style vestimentaire, les gestes et la voix ; enfin, un jour à midi, il sonna à la porte de son ancienne maîtresse et, sous la menace d'un couteau, l'attacha à une chaise et contraignit un ouvrier âgé qui travaillait dans l'appartement d'à côté de déflorer sa fille de quatorze ans.

La réaction de la mère fut immédiate : dès qu'elle parvint à se libérer de ses liens, elle prit une carabine qu'elle tenait de son mari et se précipita chez son ancien amant. Après l'avoir complètement dénudé et poussé dans la rue, devant la foule stupéfaite et malgré les protestations du malheureux et d'autres personnes qui étaient avec lui au moment présumé de son agression, elle tira deux balles sur lui, qui l'atteignirent à la taille et le laissèrent paralysé des membres inférieurs pour le restant de ses jours.

Tandis que les données juridiques et factuelles, par leur caractère contradictoire et simultané, étaient un casse-tête insoluble pour les juges saisis de l'affaire, la même énigme se répéta dans le cas du second témoin à charge au divorce de Personne : des preuves irréfutables confirmèrent que l'agresseur, un demi-frère avec lequel il se battait depuis plusieurs années pour une histoire d'héritage, se trouvait, au moment même où il mettait à sac avec une barre de fer leur supermarché, à une réunion commerciale avec les représentants de plusieurs sociétés.

Il faut croire que le résultat de ses manœuvres lui parut satisfaisant, sans quoi il n'aurait pas pris la décision de s'attaquer ensuite aux juges du tribunal qui l'avaient condamné. Le premier d'entre eux vit donc un jour à la télévision son fils braquer une banque au moment même où ils dînaient ensemble, le fils unique du second fut accusé de trafic de drogue un jour où il se trouvait avec sa mère à une réception, et le neveu du troisième tabassa son professeur alors même qu'il était en voyage dans une autre ville où il devait disputer un match de basket avec l'équipe de sa région.

Malgré les efforts des malheureux parents pour prouver l'innocence des accusés, la presse et les médias avaient tant parlé de ces affaires que dans la réalité sociale, un doute planait sur leur intégrité, ce qui réjouissait Personne au plus haut point et acheva de le convaincre que le moment était venu d'enfoncer plus profondément le couteau de la justice en punissant les hauts fonctionnaires pour leur incompétence et leur immoralité qui nuisaient aux institutions. Il choisit alors des cibles symboliques : l'évêque de la région, qui célébrait la messe dans une église et blasphémait dans une autre au même instant, devant ses ouailles interdites, un procureur qui prit l'initiative de libérer des forçats alors qu'il était occupé à participer à une audience dans la capitale, ou encore le maire, le chef de la police, le député et plusieurs autres individus.

Constatant que tous avaient commis en des points géographiques différents et simultanément un délit et une action légale, les autorités entamèrent une enquête pour démasquer le « farceur incontestablement dangereux et malade » qui s'était joué d'eux, selon les termes du communiqué officiel, sans toutefois dissiper le trouble social provoqué par les événements. On voyait souvent la foule en fureur, des citoyens indignés qui en arrivaient à des extrémités sans précédent : ils troussèrent l'archevêque et lui tirèrent la barbe pour voir s'il portait un déguisement, conspuèrent le commandant des forces armées de la région, dépouillèrent le directeur de la Banque nationale de ses vêtements. Il y eut bien d'autres incidents encore, qui plus d'une fois se terminèrent par des rixes, des blessures et des assassinats.

Mais Protée se moquait bien du chaos social qu'il avait suscité. Il jouissait de l'efficacité de ses stratagèmes et des fruits de son exercice très personnel de la justice. Il aurait certainement imaginé d'autres actions et en serait arrivé à punir sa femme et reprendre son fils si un dimanche soir, tandis qu'il déambulait dans le parc de la ville éclairé par une demi-lune, un vagabond en loques qui le suivait depuis quelque temps ne s'était approché de lui. En beuglant « Salaud ! Hier soir, tu m'as volé pendant que je dormais... », il lui enfonça avec force une longue lame dans le cœur, puis la tourna et la retourna longuement dans la plaie.

Quelques instants plus tard, tandis que le clochard murmurait « Mon Dieu... mon Dieu... pardon l'ami...

Je me suis trompé, je t'ai pris pour un autre ! » avant de s'enfuir à toutes jambes, Personne lui sourit, de ce sourire qu'il avait encore aux lèvres lorsque la police le découvrit le lendemain matin, noyé dans son sang, raide. On eût dit qu'il avait la certitude de n'être pas mort, d'avoir simplement vu mourir l'un de ses innombrables personnages. Il lui restait encore tant d'autres vies à vivre.

LE JOUR DE LA VIERGE
OU L'ÉCRIVAIN DU MANQUE

Comme il cherchait depuis quelque temps pourquoi il ne parvenait pas à achever son troisième roman et pourquoi chaque nouvelle page lui paraissait sans inspiration, *l'écrivain du manque* – c'est ainsi que l'avait surnommé un critique connu – n'hésita pas à remonter le temps jusqu'aux débuts de sa vie littéraire pour comprendre d'où venait son mal. Il lui revint en mémoire que vers la fin de sa scolarité, la mort de son meilleur camarade de classe avait été un choc pour lui et qu'il en avait perdu la voix.

Il communiquait donc avec son entourage par des gestes, des réactions physiques, des expressions mimétiques, des notes manuscrites ou des lettres du genre de toutes celles qu'il avait envoyées en l'espace de deux mois à un ami étudiant, à l'époque où il était en première année d'histoire de l'art : une centaine de pages écrites dans un style direct et fragmentaire où il exposait les événements qui l'avaient conduit à l'aphonie, agrémentés de réflexions et de remarques.

À l'initiative du destinataire, les nombreux documents s'étaient retrouvés entre les mains d'un éditeur qui, après en avoir informé l'écrivain du manque, les avait publiés sous forme de roman susceptible d'attirer aussitôt l'intérêt tant de la critique et de la presse que du public.

Et c'était l'admiration de ses ardents lecteurs réclamant de nouveaux écrits, la satisfaction aussi de voir qu'après la première édition, sa voix était progressivement revenue (sans compter qu'il était de son caractère de ne pas abandonner ce qui l'avait profondément marqué), qui l'avaient convaincu d'accepter la proposition de la maison d'édition : écrire deux autres livres dans le même esprit, de manière à constituer une *Trilogie du manque*.

Il devait avoir une forte envie de mener ce projet à bien, à en juger par le fait que l'accueil frileux réservé à son deuxième livre, une histoire imaginaire à la troisième personne, ne l'avait pas découragé, puisqu'il s'était tout de suite plongé dans l'écriture du troisième volume. Il avait déjà écrit la moitié de son récit lorsqu'il avait commencé à ressentir une gêne, parce qu'il trouvait que les pages écrites jusqu'alors répétaient son précédent travail, qu'elles n'étaient que des variantes de son premier livre, sans inventivité ni inspiration. Bref, elles étaient ennuyeuses, comme son deuxième livre. Il comprenait donc le malaise du public... Non, non, il ne pouvait en rester à des recettes éprouvées. Cela ne lui ressemblait pas. C'est d'ailleurs pour cela qu'il s'était senti pendant quelques jours (avant de se faire une opinion définitive sur ce qui se passait) tellement mal qu'il préférait laisser tomber l'écriture et partir se reposer dans la maison de campagne d'un parent et se consacrer à d'autres sports, comme le tennis, l'alpinisme, la natation, etc., dans l'espoir que tout cela ne fût qu'un symptôme de fatigue. Mais lorsque, quelques semaines plus tard, il avait observé que ce n'était pas le cas et que, chaque fois qu'il reprenait son stylo, il voyait se produire les mêmes effets, la gêne initiale était devenue de la colère, une manie qui se retournait surtout contre lui-même : il se reprochait de ne pas être un véritable écrivain, de ne pas avoir le talent de changer de style et de ton, de manquer de variété thématique et de légèreté, à la différence de tant d'auteurs qui savaient servir le public et lui procurer le plaisir qu'il demandait.

Qu'étaient devenus les rêves qu'il avait faits tout de suite après sa première édition quand, dans son enthousiasme, il en était arrivé à croire que les mots de ses écrits avaient l'intensité et la force des couleurs et des formes des tableaux de Van Gogh ou des dessins de Beuys qu'il aimait tant !

Qu'étaient devenus les moments où il désirait ardemment que ses lecteurs sentent que ses textes les habitaient comme les chansons de Jim Morrison ? Et quels frissons de plaisir l'avaient traversé lorsqu'il s'était imaginé que les gens, dès qu'ils ouvraient l'un de ses livres, où qu'ils se trouvent, dans leur chambre, dans le bus, la voiture, l'avion, sur le banc d'un parc, au café, au restaurant, partout, se prenaient à se lever et à danser au rythme de son écriture comme on le fait instinctivement avec la musique !

Tous ces rêves, et tant d'autres, comme ils lui paraissaient lointains à présent : il les voyait près de lui écroulés, dispersés par le souffle d'Éole ! La réalité se présentait à lui dans sa vérité crue : il était l'écrivain d'un seul livre, rien d'autre. Il n'avait pas de talent, rien qui puisse le porter plus loin. Pour cette raison, il ne devait pas se sentir coupable. Il avait atteint ses limites, voilà tout. Mais il voulait échapper au piège dans lequel il était déjà tombé.

C'est pourquoi après avoir envoyé une lettre simple et laconique à l'éditeur, où il lui annonçait sa décision de ne plus continuer à écrire, il quitta son appartement sans en avertir ses proches et partit s'installer à l'étranger avec sa famille où il fut engagé à l'université de la ville comme professeur d'histoire de l'art. II ne reprit pas la plume pour écrire de la littérature ; il parlait de moins en moins, comme si son ancienne aphonie lui revenait lentement mais sûrement. Il devint de façon générale si détaché de la réalité qui l'entourait qu'il donnait l'impression de voir le monde à travers un invisible troisième œil, tout à fait mécanique, une caméra qui se contentait de suivre froidement, sans opérateur, ce qui se passait autour d'elle. Une situation qui naturellement ne plaisait pas du tout à sa jeune femme qui, déjà mécontente d'avoir dû changer brusquement de maison et s'expatrier, commença à trouver insupportable son comportement, de sorte qu'au bout de quelque temps elle le quitta, demanda le divorce et rentra au pays avec leurs enfants que lui ne voyait que dans les limites prévues par la loi. Tiens, comme ce fameux été où, au mois d'août, il accepta de se rendre avec eux chez le peintre américain James Brown, qui les avait invités à venir le voir dans son atelier de Patmos.

Regarde, lecteur, le père et ses rejetons, un garçon brun de dix ans et une petite fille châtain de six ans – on dirait Laocoon peint par un anonyme – monter, les valises dans les bras, l'escalier extérieur du bateau et se diriger en bavardant vers le salon de première classe où, tandis que les enfants se précipitent sur les jeux électroniques un peu plus loin dans le couloir, l'écrivain du manque préfère s'asseoir dans un fauteuil confortable et lire avec l'attitude inexpressive qui était devenue la sienne. Au bout d'un certain temps d'ailleurs, on pouvait le voir regarder autour de lui de son œil proprement mécanique : dans son champ optique entrèrent les îles de Léros, Cos, Kalymnos, leurs montagnes, leurs ports et leurs paysages, des vagues écumantes, des oiseaux sauvages, un touriste qui prenait le soleil en compagnie de son chien, deux femmes quadragénaires qui se crêpaient le chignon pour une place, un maître d'équipage qui poussait un chariot rempli de draps sales, un verre d'eau qui se cassait dans un fracas... Et tout cela bien sûr défilait comme devant une caméra de télévision sans opérateur. Cette léthargie qui parut céder lorsque l'œil de l'écrivain du manque tomba sur son sac de voyage dont dépassait la tranche de deux livres : il se pencha pour les saisir et s'aperçut qu'il s'agissait de *l'Essai sur la fatigue* de Peter Handke et des *Contes merveilleux* de Hermann Hesse. Sans vouloir se fatiguer à comprendre comment les livres se trouvaient là, à essayer de se rappeler s'il les avait ou non emportés, il les feuilleta, et après en avoir parcouru quelques paragraphes pris au hasard, il se mit à lire à un rythme intérieur de plus en plus fébrile, comme quelqu'un qui vibre de surprise. Étaient-ce des mots, des phrases, des images, étaient-ce l'écriture et la structure de la langue de ces textes qui le mettaient dans cet état ? Même longtemps après la lecture, il ne pouvait cerner précisément les raisons qui l'avaient brusquement plongé dans ce vertige, dans cette lecture effrénée qui, au bout de quelque temps, brouillait son esprit au point qu'il ne savait plus quel livre il lisait, tandis que les caractères d'imprimerie devenaient un flou photographique ou une sorte de tableau abstrait dont les images changeaient sans cesse, à toute allure.

En revanche, la lecture provoquait assurément chez lui curiosité, surprise, peur, panique, joie, satisfaction, et il devint soudain Polyphème, lorsqu'Ulysse enfonça la poutre dans son œil unique, dans son œil mécanique : comme le Cyclope, il poussa un hurlement, mais en lui-même, un hurlement qui n'était pas de peine mais d'enthousiasme, car le seul fait de sentir de nouveau, d'être la proie de tant d'émotions différentes, lui suffisait ; il voyait de nouveau la vie autour de lui d'une manière qu'il avait oubliée, pleine d'énergie et d'appétit.

C'est pourquoi quelques minutes plus tard, lorsqu'il vit cette très belle femme blonde assise un peu plus loin, seule, il la dévora des yeux, avec une avidité insatiable. Comme sa peau était douce, quel calme serein se dégageait de ses yeux verts, de ses longs cheveux de soie pure, de ses lèvres pulpeuses... Comme il aurait voulu les embrasser, oui... oui... caresser tendrement son corps, appuyer doucement sa tête sur sa poitrine ferme, dans son cou blanc. Il s'imaginait déjà près d'elle et comprenait ce qu'il désirait si ardemment, de sorte qu'à peine quelques minutes plus tard, lorsqu'il la vit se lever brusquement d'un air effrayé et s'éloigner d'un pas rapide, il voulut courir derrière elle et dans la disposition où il se trouvait déjà, c'était comme s'il avait retrouvé sa voix pour lui demander s'il était passé à l'acte, s'il avait dépassé les limites de la décence, et pour lui dire que si c'était le cas, il était prêt à réparer. À lui expliquer d'abord pour qu'elle le comprenne, à lui demander pardon à genoux s'il le fallait, devant tout le monde, et même à accepter la punition la plus sévère si cela pouvait arranger les choses.

Et il est certain qu'il aurait fait bien davantage que les premiers pas pour l'approcher, s'il n'avait pas soudain remarqué que tous les passagers autour de lui s'étaient levés et dansaient à des rythmes différents, des cadences africaines qu'il ne reconnaissait pas. Certains descendirent même sur la surface de la mer et continuèrent leur danse sur le dos des innombrables poissons qui flottaient vivants, tandis qu'un escadron d'oiseaux pénétrait par tous les hublots du bateau et envahissait la salle en battant bruyamment des ailes.

Que pouvait faire d'autre l'écrivain du manque lorsqu'il vit un souffle de vent soulever quelques feuilles blanches abandonnées sur une table et les pousser vers lui, tandis que de la poche d'un passager tombait un stylo qui rebondit et roula à ses pieds ? Il se pencha pour le prendre ; simplement, ses doigts se refermèrent sur le stylo et debout, il se mit aussitôt à écrire ce qu'il voyait et vivait en cet instant, tant pis s'il n'avait pas le temps de tout retenir et de tout faire entrer dans les mots. Il lui suffisait que tiennent dans les phrases quelques traces des merveilles qui se déroulaient sous ses yeux, il lui suffisait aussi de vivre aussi intensément ce qui lui était révélé.

C'est pourquoi il ne voulut rien interrompre pour se demander si c'était le fruit de son imagination ou la réalité, pas même lorsqu'un peu plus tard, les enfants vinrent le voir et calmement, comme s'ils ne voyaient rien de ce qu'il contemplait, lui demandèrent de l'argent pour continuer à jouer avec les jeux électroniques. Il se contenta de s'abandonner de plus en plus complètement au rythme de l'écriture, aux sentiments qui le mordaient, aux battements violents de son cœur, percevant leurs voix mêlées aux cloches des églises comme un tout sonore, tandis que le bateau entrait dans le port de Patmos, le jour de la Vierge.

L'IMAGE REBELLE

Ils étaient nés en même temps, mais le second était mort une demi-heure plus tard en couveuse, à l'hôpital, de sorte que le héros de cette histoire n'avait jamais entendu parler de son frère jumeau. Sauf vers ses quinze ans, le jour des obsèques de son père : après la cérémonie, les amis et les proches s'étaient réunis à la maison pour le café traditionnel, et sa mère avait parlé du frère qui avait survécu à une parente. Sa santé fragile, disait-elle, était due au fait que son jumeau mort peu après sa naissance lui avait pris presque toute sa vigueur.

Les mots avaient profondément atteint l'adolescent, et la pensée de ce frère jumeau ne le quittait plus : ainsi il était la cause de sa faiblesse physique, de ses fréquentes blessures (il se cassait facilement un bras ou une jambe), de ses maladies (il faisait des accès de fièvre ou attrapait la grippe pour un rien), de toute son existence souffreteuse. Ce frère absent était donc également responsable des conséquences de cette pauvre santé, qui l'empêchaient sans cesse de participer aux jeux et aux activités des jeunes de son âge et lui avaient fait perdre confiance en lui-même, l'isolant et le plongeant dans une profonde tristesse.

Il comprenait maintenant pourquoi il avait vécu ainsi jusqu'ici. Et cette prise de conscience lui donna un vif sentiment d'injustice. Non... il ne pouvait accepter cette réalité... non... Il se sentait habité par une colère dont les accès le bouleversaient corps et âme.

Il fit ce qu'il avait coutume de faire lorsqu'il se trouvait dans cet état : il sortit respirer l'air de la ville, traîner dans les magasins et regarder les vitrines, dont l'une lui renvoya soudain l'image de lui-même, un reflet qui, au lieu d'imiter fidèlement ses mouvements comme il aurait dû le faire, lui désobéit avec un sourire ironique et provocant.

Incrédule, il cligna plusieurs fois des yeux, se pinça pour s'assurer qu'il ne rêvait pas, se retourna pour voir s'il n'y avait pas par hasard derrière lui quelqu'un qui lui ressemblerait à s'y méprendre, et finit par se dire que les événements qu'il venait de vivre l'avaient épuisé et qu'il avait besoin de repos.

Par précaution, il consulta le lendemain un ophtalmologue qui le rassura sur l'état de ses yeux, et il aurait sans doute bien vite oublié l'histoire de cette image désobéissante si elle ne s'était pas manifestée de nouveau plusieurs fois, quelques semaines plus tard, dans des conditions bien précises : elle lui apparaissait toujours après un échec, et toujours avec le même sourire provocant.

Tenez, par exemple, le jour où on lui avait refusé à la dernière minute une bourse qui lui aurait permis de partir apprendre l'anglais à Londres, ou lorsqu'il avait été recalé aux examens d'entrée à l'université, ou encore lorsque sa petite amie l'avait quitté.

Il se contenta d'abord d'observer avec curiosité ce qui lui arrivait. Puis, un jour, il lut dans le journal un article sur une histoire de nourrissons enlevés dans un hôpital pour être vendus par des réseaux internationaux et se persuada que l'image désobéissante était son frère jumeau, qui avait dû connaître le même sort. L'insensé, se dit-il en colère, au lieu de se présenter, d'approcher sa famille et de la rendre heureuse en refaisant surface, bref de combler le fossé de tant d'années, il préférait revenir comme un fantôme, sans dévoiler son identité à personne d'autre que son frère, par ce sourire ironique et provocant. Comme s'il voulait lui rappeler à chaque échec qu'il demeurait son ange noir, la véritable cause de ses misères.

Il s'insurgea, un cri de révolte au cœur : non... il ne le laisserait pas poursuivre son œuvre de destruction. Non... il saurait l'arrêter. Il changerait le cours désagréable qu'avaient suivi les choses jusque-là. Il le ferait à la première occasion et s'expliquerait avec lui une bonne fois pour toutes.

C'est pourquoi quelques jours plus tard, alors qu'il venait d'apprendre qu'il n'avait pas obtenu le travail lucratif qu'il convoitait pour l'été, il vit son frère jumeau et le poursuivit parmi la foule interdite, se jurant qu'il ne se laisserait pas abattre par l'échec de cette première tentative et persisterait jusqu'à atteindre son but.

Courant, bondissant, jouant des poings dans la rue pleine de monde, indifférent aux moqueries des passants anonymes, il poursuivait son frère jour après jour, allant jusqu'à grimper à des balcons, sur des ponts, à des arbres, traverser les avenues aux heures de pointe, provoquer des carambolages, sans reculer devant rien.

Il aurait sans doute fini par se briser le cou si, un après-midi où il venait de sauter d'un train au milieu d'un groupe de touristes affolés en distribuant des coups de poing tous azimuts, il ne s'était fait interpeller pour vérification d'identité par une voiture de police. Les agents lui demandèrent s'il était boxeur et s'il faisait du *shadow* dans la rue pour s'entraîner, et il répondit oui, sans réfléchir, pour se tirer d'affaire. Puis l'idée fit son chemin et il pensa que c'était là un sport qui ne pouvait que servir à merveille ses desseins.

Il devint donc membre d'un club de boxe et entama de dures séances d'entraînement, pendant lesquelles son talent et sa persévérance finirent au bout de quelques mois par convaincre l'entraîneur de le faire passer au niveau supérieur, puis de l'inscrire aux championnats interclubs de la région. Persuadé que c'était une forme d'entraînement nécessaire pour terrasser son frère jumeau, il frappa dès le premier match son adversaire avec une force, une rapidité et une précision qui lui valurent bientôt une solide réputation : celle d'un boxeur à qui il ne faut pas plus de trois rounds pour remporter la victoire par knock-out. Et comme on parlait aussi beaucoup de sa méthode inhabituelle d'entraînement (on n'expliquait autrement le fait qu'il continue à jouer des poings dans la rue, dans le bus, le train et partout ailleurs), on accueillit avec enthousiasme la nouvelle de sa participation aux championnats professionnels. Il accumulait les victoires, multipliait les coups : crochets, directs, uppercuts, coups de poing puissants doublés d'une garde irréprochable, d'un abdomen et d'une mâchoire en acier, d'une résistance hors du commun. Le jeune homme malingre, asthénique, était devenu celui que la presse et ses admirateurs n'appelaient plus que « l'Homme de fer ».

Et il finit naturellement par être considéré par le public et les spécialistes comme le meilleur challenger du champion du monde en titre.

Plusieurs semaines avant cette finale d'envergure, paris et pronostics allaient déjà bon train, notre héros faisait la une de tous les journaux, il était partout le sujet de conversations enflammées. Mais rien de tout cela ne pouvait le distraire de son obsession.

Habité par son idée fixe à l'heure du match, dans un stade plein à craquer de spectateurs enthousiastes, il monta sur le ring, regarda son adversaire dans les yeux et sentit qu'il avait devant lui le boxeur le plus puissant qu'il ait jamais affronté. Il allait avoir l'occasion d'essayer sur lui les dernières techniques qu'il avait mises au point dans l'intention d'arrêter son frère. Il décida de ne pas chercher à le vaincre rapidement, comme il le faisait d'ordinaire, mais de prendre son temps. Il offrit à la foule agglutinée un spectacle qui la tint en haleine, multipliant les coups rapides et meurtriers ; et au douzième round, le dernier, d'un uppercut incroyable, il jeta son adversaire inconscient au tapis et remporta le titre de champion du monde. Il avait enfin la certitude d'être désormais prêt à arrêter son frère. Serein, fort d'une assurance qui le surprenait lui-même, il rentra chez lui un peu avant l'aube, après avoir fêté sa victoire avec des amis. Et là, comme il se dévêtait devant la glace, l'image rebelle lui apparut de nouveau. Elle n'avait plus ce sourire ironique qu'elle affectait d'ordinaire, mais dans son désir de l'attraper, il ne prêta pas attention à ce changement. Il avait déjà levé le poing, prêt à frapper, lorsque l'image fit un léger mouvement dans sa direction. Dans un souffle, elle traversa le miroir et se tint devant lui, tout près, face à face, ses yeux plantés dans les siens. Il sentait son haleine brûlante. Puis l'image disparut soudain dans un éclair de lumière, laissant le boxeur interdit, le poing en suspens.

La stupéfaction passée, après avoir secoué la tête comme pour retrouver ses esprits, notre héros se mit à chercher son frère jumeau dans tous les coins de la pièce, puis dehors, partout. Il le chercha pendant des jours, des semaines, des mois. Sans résultat. Il ne voyait plus dans le miroir que le reflet docile de sa propre personne, l'image qui matérialisait et confirmait la confiance qu'il avait désormais en lui-même, comme s'il avait fallu que son frère disparaisse pour qu'il existe enfin. Comme si son frère jumeau lui avait rendu la force dont il l'avait privé pendant tant d'années.

DE L'AMBITION OU LES TÊTES COUPÉES DE L'HYDRE DE LERNE

À en croire ses parents et ses proches, il répondait déjà par des coups de pied aux sons extérieurs et aux caresses sur le ventre de sa mère, de sorte que tout le monde s'était résigné par anticipation à la naissance d'un enfant turbulent.

Son enfance et son adolescence ne firent que confirmer ces prévisions : constamment survolté, il réagissait à tout ce qui le touchait de près ou de loin et cherchait sans relâche à répondre à tout ce qui piquait sa curiosité.

Même s'il cachait une sensibilité exacerbée qui n'était en réalité qu'un exutoire à des doutes obsédants, les adultes voyaient dans ce comportement quotidien et permanent le signe d'une forte ambition. Les gens de son âge, eux, y percevaient la manifestation d'un ego et d'un arrivisme démesurés, d'un caractère au fond instable, superficiel, totalement dénué des principes les plus fondamentaux.

Les années passaient, et ses camarades de classe le tenaient de plus en plus à l'écart de leurs bandes et de leurs jeux. Lors de ses rares sorties en compagnie de ses pairs, on s'arrangeait toujours pour juguler son tempérament pléthorique d'une façon ou d'une autre, au besoin par des moyens extrêmes. Ainsi, lors d'une soirée donnée par un voisin, les plus déterminés des invités n'avaient pas hésité, pour l'empêcher de s'agiter et de parler sans arrêt, à l'attacher à une chaise et à le bâillonner avec du gros scotch.

Intimement convaincu que justice lui serait faite un jour où l'autre, le héros de notre histoire se gardait bien de montrer les blessures que de tels sévices occasionnaient à son âme. Mais sa patience s'épuisa en classe de terminale où, alors que ses notes étaient excellentes, les félicitations furent données à un autre élève dont le proviseur, dans son discours officiel, loua non seulement les résultats scolaires, mais aussi la modestie de caractère. Cette décision qui, pensa-t-il, s'expliquait par l'image de vaniteux que les autres avaient de lui, le marqua au point qu'il se sentit fléchir.

Il commença à noter dans les pages de son journal : « Oui... Il faut que ce soit vrai... Les autres ne peuvent avoir tort... Il n'est pas possible qu'il se trompent depuis tant d'années... Jusqu'aux amis de ma famille qui me reprochaient mon caractère difficile... D'ailleurs, j'étais excessif, je le savais... toujours en quête de Dieu sait quoi... jamais satisfait... Cette horreur des choses définitives... je ne pouvais m'empêcher de les critiquer, d'y trouver à redire... De sorte que je changeais souvent d'opinion... à la différence de tous les autres... » Il ne lui restait plus qu'à mettre sa décision en œuvre, et ce à l'aide d'un plan qui lui semblait logique : commencer par chasser les images extérieures de la réalité environnante. Puis les effacer en lui-même, tuer les représentations de ce triste passé pour qu'elles ne le hantent plus.

Il appliqua immédiatement la première partie de sa stratégie : alors que ses parents venaient de mourir dans un accident de la route, sans prévenir aucun des parents et proches qui lui restaient, il partit pour un pays lointain du sud-ouest après avoir brûlé adresses, numéros de téléphone et tout ce qui était susceptible de raviver sa mémoire refoulée.

Il changea ensuite de coiffure, jeta ses vêtements, en acheta de nouveaux d'un style totalement différent, rasa moustache et bouc, se teignit les cheveux, osa une boucle d'oreille et un tatouage sur l'épaule. Il passa enfin à la seconde partie de son plan : il s'inscrivit à l'université et, évitant comme le diable l'eau bénite tous ceux qui venaient de son pays d'origine, ne parla ni n'écrivit plus jamais dans sa langue maternelle.

Sa nouvelle langue contenait désormais toute sa vie, ses pensées et ses rêves, jusqu'à son journal intime, dans lequel le quotidien, retranscrit à la troisième personne sous forme d'épisodes, campait un personnage qui était l'incarnation de cette ambition dynamique dont il avait lu la définition dans le dictionnaire. Mélange d'événements sociaux et d'actions imaginaires, reflet de la vie qu'il avait toujours voulu mener, fût-ce sur le papier, ces textes traduisaient sa perception personnelle des choses et une légère déformation de ce que l'on appelle réalité.

Lorsqu'il ne trouvait pas les mots justes dans sa nouvelle langue, dans ce journal intime comme dans les autres textes qu'il écrivait chaque jour, il interrogeait son entourage, cherchait dans les dictionnaires ou s'accordait simplement le droit de faire des fautes, rendant ainsi plus manifeste encore son besoin de fuir le passé, de l'anéantir complètement, si possible, et de se fondre totalement dans son nouvel environnement.

Il alla même jusqu'à consulter un spécialiste dans un institut de recherche sur l'amnésie, d'une réputation douteuse. Le thérapeute, après avoir cerné sa personnalité, lui proposa la méthode qui lui paraissait la plus indiquée et qui consistait à vivre intensément le présent dans ses dimensions multiples et fragmentaires. Car il ne pouvait reléguer le passé dans l'oubli qu'en s'immergeant totalement dans le présent.

C'est donc sur ces conseils scientifiques qu'il se mit à lire sans arrêt des ouvrages d'auteurs de sa nouvelle patrie, à aller au cinéma et au théâtre, à suivre des conférences ou des débats philosophiques, à courir les galeries d'art et les musées, convaincu que les arts plastiques, sous toutes leurs formes, contenaient la pensée de ses créateurs. Voulant pousser plus loin la quête qu'il avait entreprise, il approcha de célèbres intellectuels du pays pour le compte de la revue de l'université. Il voulait tellement, à travers le jeu de l'interview et de ses questions-réponses, faire sienne la culture du pays, qu'il lui arrivait, en retranscrivant les conversations enregistrées, d'en changer l'ordre ou d'y ajouter des commentaires personnels pour aboutir ainsi à un texte très proche de ce qu'il aurait voulu lire. Le résultat enchantait le public autant que les personnes interviewées qui, avec un sourire de surprise et de compréhension, trouvaient que ces conversations avaient le mérite d'être directes, spontanées et pleines d'imagination, ce que dut aussi apprécier le rédacteur en chef d'un grand quotidien, puisqu'il lui demanda de faire la même chose pour son journal. Ces nouvelles activités ne l'empêchèrent ni de remplir son journal d'ambitieux de multiples histoires, ni d'achever son doctorat sur les beaux-arts et le modernisme. Une vie bien remplie, mais où les sentiments ne trouvaient pas leur place ; les années passaient, jalonnées de courtes aventures, sans lendemain.

Le voilà à présent âgé de la cinquantaine, professeur reconnu, auteur à succès, célibataire, avec peu d'amis et beaucoup de connaissances, passant des heures dans les bibliothèques, les salles de spectacle et les cafés. On le voyait souvent un livre ou un journal à la main, tantôt perdu dans ses pensées, tantôt occupé à remplir les pages de son journal... Un soir, il rentrait à l'instant d'une promenade, lorsque le téléphone sonna. Une voix jeune lui expliqua dans la langue de sa nouvelle patrie qu'il était le fils d'un de ses amis d'enfance décédé, puis lui fit part de son désir de faire sous sa direction une thèse sur l'esthétique de l'art moderne.

C'était le genre de propositions qu'il refusait d'ordinaire sèchement. Cette fois, pourtant, il se surprit lui-même en se contentant de donner rendez-vous au jeune homme le lendemain, pour qu'ils fassent connaissance.

Dès l'instant où ce dernier ouvrit la porte et pénétra chez lui, il ressentit un trouble sans précédent : il émanait de sa démarche, de ses mouvements, de sa façon de parler et de toute son attitude, une assurance, une solidité, une certitude enfin qui n'auraient sans doute pas retenu son attention si, en regardant le visage du jeune homme, le professeur n'avait observé qu'il se métamorphosait et prenait les traits de tous ceux qui l'avaient tellement fait souffrir pendant son enfance et son adolescence.

Tel un Hercule des temps modernes, instinctivement, le regard acéré comme une épée, il cligna des yeux pour s'assurer qu'il ne faisait pas un cauchemar éveillé (les têtes de l'Hydre de Lerne lui réapparaissaient, à côté de physionomies tout aussi connues et désagréables). Mais le phénomène se reproduisit les jours suivants et il comprit qu'il n'avait pas le temps de trouver une explication logique ni d'aller consulter un médecin. Il avait devant lui la preuve qu'il s'était leurré. Il fallait se rendre à l'évidence : il n'avait toujours pas réglé ses comptes avec le passé.

Il se sentait flotter, et outre les insomnies dont il souffrit les semaines suivantes, il fut envahi par un sentiment de douleur et de colère. Les rares fois où, épuisé, il parvenait à dormir, il rêvait de nouveau, ce qui ne lui était pas arrivé depuis très longtemps, d'hommes volants, au bec et aux griffes recourbées d'oiseaux sauvages, qui fondaient sur lui et déchiquetaient son corps.

Oui... à n'en pas douter, il devait faire quelque chose. Son besoin de justice était plus impérieux que jamais. Mais il ne savait pas comment s'y prendre. Les années avaient passé et il ne pouvait revenir en arrière. Devait-il rentrer dans son pays d'origine, et comme cet homme dont les journaux avaient récemment parlé, retrouver ses anciens tortionnaires et se venger d'eux ? Les retrouverait-il tous ? Sa blessure guérirait-elle, connaîtrait-il à nouveau la sérénité même si quelques-uns lui échappaient ?

Non, il lui fallait trouver autre chose. Et tandis qu'il réfléchissait en voyant défiler, encore et encore, toutes ces figures du passé sur le visage du jeune homme, il lui vint soudain une idée : s'il connaissait parfaitement la psychologie du garçon qui ressemblait en tous points à celle de son adolescence, peut-être arriverait-il à comprendre ce qui faisait sa force, à savoir d'où lui venait cette assurance et cette détermination qu'il admirait tant, lui qui était si différent ! Dès lors qu'il en apprendrait le secret, il démythifierait certainement le problème, qui cesserait de le hanter !

Non, il ne voyait pas de meilleure solution. Une conviction intime le poussait à l'adopter. Et c'est pourquoi il annonça ce jour-là à l'étudiant qu'il acceptait d'être son directeur de thèse. Et sous prétexte de l'aider à rassembler le matériel nécessaire et tout ce qui pouvait se rapporter, de près ou de loin, à la question de l'esthétique de l'art moderne, il ne perdait pas une occasion de l'accompagner dans les bibliothèques, les galeries d'art, les musées, voire de faire avec lui des voyages éducatifs.

Ils finirent par être proches. Ils allaient se balader, boire un café ou un verre, voir un spectacle ; ils fréquentaient ensemble la salle de gymnastique. Un jour, alors qu'ils cherchaient un terme issu de leur langue natale, ils se mirent pour la première fois à la parler, spontanément, comme s'ils avaient toujours échangé ainsi. Ils étaient devenus inséparables.

Le professeur demanda à l'université un an de congé sans solde pour se consacrer au jeune homme, dont il observait à tout instant le comportement, cédant à tous ses désirs, même les plus insignifiants. Comment, dans ces conditions, ne pas accepter sa proposition d'aller passer les vacances d'été dans leur pays d'origine ?

L'expression de notre héros quinquagénaire ne trahit ni surprise ni trouble pendant le voyage en avion qui les ramenait, lui et son étudiant, vers leur pays d'origine.

C'était comme s'il n'avait jamais quitté sa terre natale, comme si son exil de tant d'années n'était qu'imaginaire, l'épisode d'un rêve dont il émergeait à présent.

Cela fut d'ailleurs confirmé à l'instant de leur arrivée sur place : ils sortirent de l'aéroport, prirent un taxi et traversèrent la ville, le professeur sans un regard d'inquiétude, de nostalgie ou de curiosité pour les transformations du tissu urbain ou de l'environnement naturel qu'il avait connus enfant. Ce n'est que lorsqu'il fut chez lui et que son compagnon le quitta quelques heures pour aller voir les siens que son attention se porta sur les portes déglinguées, les enduits partiellement arrachés des murs. Il se revit soudain jouant aux billes dans la cour avec sa sœur, qui était morte très jeune d'une leucémie. On ne l'avait pas laissé la voir dans son cercueil et seuls les mots de sa mère lui revenaient en mémoire : elle était *fraîche comme une jeune mariée*. Et il se rappela le jour où il avait vu ses parents morts dans un accident de voiture, gisant sur le lit : leurs visages couverts d'ecchymoses, leurs mains ensanglantées, les lamentations des voisins et des proches, les pleurs, puis l'heure de l'ensevelissement. Comme il se sentait étranger à tout cela ! Il avait assisté, impassible, à la descente de la bière dans la fosse ; il y avait machinalement jeté une poignée de terre, avant que les pelles ne commencent leur travail. Il avait regardé une feuille d'arbre tourbillonner, chahutée par le vent, qui refusait qu'elle touche terre.

Sans doute ces images de sa vie familiale seraient-elles revenues plus nombreuses si l'étudiant n'était rentré, et avec lui le cortège des visages du passé : il se rappela aussitôt le but qu'il s'était fixé et s'y consacra entièrement.

Il reprit consciencieusement son observation quotidienne : dans les bars, les restaurants, les salles de gymnastique, les manifestations diverses auxquelles ils assistaient, leurs rencontres avec d'autres jeunes gens. Partout où il en avait l'occasion, il s'efforçait de radiographier son comportement. Chaque détail de sa vie quotidienne était passé au scanner de son attention, qui se faisait plus intense à mesure qu'il comprenait que les contemporains de son étudiant présentaient beaucoup d'affinités et de ressemblances avec sa génération, malgré les années qui les séparaient. Comme si leur karma demeurait inaltéré. Cette constatation le confortait dans l'idée qu'il ne tarderait pas à en percer le secret.

En effet, à la fin de l'été, un jour où il se trouvait sur la plage, il parvint à découvrir son secret. Tandis qu'il regardait le jeune homme sortir de l'eau, pour la première fois depuis leur rencontre, il eut peine à le reconnaître. Les multiples visages qu'il prenait d'ordinaire, ceux des autres, avaient totalement disparu. Il n'y avait plus que son propre visage jeune, noble et séduisant. Le professeur le regarda encore et encore, s'y reprenant à plusieurs fois pour s'assurer que, oui, décidément, les choses avaient changé, et il finit par accepter sereinement cette évidence que les heures suivantes ne démentirent pas.

Comme le feu d'Hercule à la place de chacune des têtes de l'Hydre de Lerne, son regard avait littéralement fait disparaître toutes les figures du passé. Comme si ce regard était un glaive brûlant, une flamme qui brillait et lavait la vision de son esprit pour lui permettre de voir plus clairement : oui... oui... ces figures de son enfance et de son adolescence n'étaient pas aussi fortes et aussi inébranlables qu'il l'avait cru. Maintenant qu'il les connaissait mieux, il comprenait qu'il leur avait lui-même prêté cette force.

De la même façon, il s'était inventé un autre lui-même, solide, serein, déterminé, pour échapper aux doutes et aux faiblesses de son tempérament. Et pour plus de vraisemblance, il lui avait donné les vêtements et les visages de ses camarades. Tous ces visages, il avait fait d'eux ses justiciers, eux qui n'étaient en réalité que ses *alter egos*, des projections de lui-même. Il les avait toujours portés en lui. Et c'est pourquoi son long exil n'y avait rien changé. Il ne pouvait se débarrasser d'eux en changeant de pays et de culture, puisqu'ils le suivaient partout.

Il découvrit alors qu'il n'avait pas de patrie. Qu'il ne jouissait ni dans l'un ni dans l'autre pays de la liberté à laquelle il aspirait : cette liberté resterait inaccessible tant que désir, imaginaire et réalité ne coexisteraient pas harmonieusement en lui. Or cela n'était le cas que lorsqu'il s'épanchait dans son journal. Dans son texte *De l'ambition*, qu'il écrivait, il était lui-même. C'était cela, sa patrie. Il comprit soudain qu'il n'avait plus aucune raison de rester dans son pays natal. Il partit dès le lendemain matin, sans prévenir personne, pas même son étudiant.

Il retourna dans son pays d'adoption, et à en croire ceux qui le virent les semaines suivantes à l'université où il avait repris ses cours, il avait l'air absent, le regard fixe, et on eût dit qu'il flottait dans les airs. Plus taciturne que jamais, il passait désormais son temps seul, et évitait la compagnie de ses anciens amis.

Six mois plus tard, il commença à avoir des vertiges. Le médecin diagnostiqua un cancer galopant. Le soir même de la consultation fatidique, il reçut un paquet qui venait de son pays natal : il contenait l'édition de son journal sur l'ambition. Dans une lettre qui l'accompagnait, son jeune étudiant lui expliquait qu'il le lui avait dérobé, l'avait photocopié, et comme il y avait décelé un chef-d'œuvre, l'avait confié à un éditeur. Ce dernier avait été conquis. Public et critiques avaient eux aussi réservé un accueil enthousiaste au livre, les ventes avaient déjà atteint un record, et le texte était en cours de traduction dans plusieurs langues.

Il ne répondit pas à la lettre. Il n'en parla à personne. Les voisins le retrouvèrent quelques semaines plus tard, près de son lit, le livre dans les mains. Il n'avait laissé ni testament, ni dernière volonté concernant l'endroit où il souhaitait être enterré. Comme son visage avait conservé dans la mort l'expression insondable qu'il avait eue les derniers temps de sa vie, le médecin qui pratiqua l'autopsie ne sut dire s'il avait souffert ou non au moment où il avait expiré.

HISTOIRE INÉDITE DE NARCISSE

Le fil des souvenirs du héros de cette histoire commença à se dérouler le jour où l'huissier de justice lui remit une citation par-devant la commission psychologique nommée par le tribunal et chargée de constater dans quelle mesure étaient fondées les accusations de son ex-femme, laquelle prétendait qu'il représentait un danger pour l'éducation de son enfant parce qu'il se comportait avec lui comme Narcisse, cet être qui aimait tant sa propre image qu'en voulant la toucher, il se noya dans la rivière où il se mirait, selon la mythologie.

L'accusation lui rappela son enfance. Il se souvint que dès la classe de onzième, il avait commencé à présenter les symptômes d'une sensibilité aiguë : la moindre contrariété provoquait chez lui geignements, agacements, larmes. Cette triste humeur persistait longtemps. De sorte qu'il fut bientôt considéré par ses camarades comme une personne bizarre, et ses singulières réactions devinrent naturellement, à force, la cible de leurs plaisanteries, de leurs moqueries et de leurs farces. Ainsi, ils cachèrent un jour ses livres de classe. Un autre jour, ils mirent ses vêtements de gymnastique au rebut, barbouillèrent ses cahiers et couvrirent son pupitre d'obscénités.

Il endura silencieusement toutes ces provocations jusqu'à ce mercredi où un garçon inconnu au visage couvert de taches de rousseur, pendant la récréation, lui lanca un œuf pourri qui souilla ses cheveux et ses vêtements. Il réagit de façon inattendue : il se rua sur lui en hurlant, jurant et menaçant, et brandit son poing si sauvagement qu'avant même qu'il ait eu le temps de l'abattre, terrifié, l'insolent prit ses jambes à son cou.

L'épisode, qui fit aussitôt le tour de l'école, eut des conséquences : voyant en lui l'image d'une violence déchaînée, les élèves évitaient désormais de croiser son chemin, et lorsqu'ils ne pouvaient faire autrement, baissaient silencieusement la tête ou lui proposaient servilement de se rendre utiles. Ils lui rapportaient son cartable oublié quelque part, lui prêtaient leurs livres ou leur vélo, lui faisaient des cadeaux...

Ce changement soudain d'attitude à son égard fit d'abord naître chez lui une satisfaction réservée qui se mua peu à peu en un sentiment de sécurité l'aidant non seulement à espacer ses accès de sensibilité, mais à les enterrer finalement tout à fait. Soulagé de ne plus être tourmenté par les autres, il ne laissait paraître dans ses contacts extérieurs que ce qui ne menaçait pas son équilibre intérieur : il marchait la tête haute, d'un pas ferme et fier, portait des vêtements qui soulignaient avantageusement sa musculature, faisait preuve au quotidien d'une parfaite assurance et d'une grande indépendance. Et c'était à cause de cette autosatisfaction qu'un professeur l'appela un jour Narcisse, exactement comme sa femme des années plus tard, encore que le mot eût pu caractériser de nombreux épisodes de sa vie tels qu'il se les remémorait à présent.

Car, pour ne citer que quelques-uns de ces moments, lorsque, dans l'adolescence, son professeur de gymnastique évitait de le faire jouer au football de l'école sous prétexte que son indépendance prenait l'allure d'un individualisme incompatible avec l'esprit d'équipe, ou lorsqu'on l'invitait de moins en moins souvent aux fêtes parce qu'on pensait qu'il n'avait besoin ni d'amis, ni de distractions, n'était-ce pas justement à cause de sa suffisance ?

Et lorsque, à l'âge de dix-sept ans, il fut abandonné par son premier amour, une brune grande et mince, parce que, comme elle le lui avait dit, elle sentait qu'il n'avait pas besoin d'elle, n'était-ce pas encore à cause de cette impression d'autarcie qu'il donnait à son entourage ?

Tandis que toutes ces pensées et images lui revenaient en mémoire, il perçut que ce torrent de sentiments qui l'avait toujours intimement habité, qui le faisait pleurer devant un film ou face au spectacle de la misère quotidienne, toute cette sensibilité qui le faisait déborder de sympathie pour les autres, connus ou inconnus, était littéralement muré dans le ciment du secret. Voilà qu'il était lui-même piégé dans un douloureux malentendu.

Et alors qu'en d'autres circonstances la situation aurait pu faire l'objet d'une observation et d'une analyse objective, elle prenait présentement l'allure d'une guillotine : dans quelques semaines, le juge se prononcerait, se fonderait sur l'accusation de son ex-femme pour décider de ses rapports avec l'enfant. Et l'image que ses proches se faisaient de lui, il lui fallait la briser, la pulvériser, avant que ses incidences ne viennent détruire la relation profonde qu'il entretenait avec son fils unique.

D'ailleurs, lui-même pouvait-il oublier qu'à l'âge de quinze ans, au moment de la mort soudaine de son père, il avait senti que le monde s'écroulait autour de lui ? C'était en vain que sa mère – il se le rappelait à présent – avait fait tout ce qui était en son pouvoir pour soulager sa douleur et rendre l'absence de son père moins pénible : sa mort l'avait plongé dans un abîme dont il n'était sorti qu'avec des plaies qui saignaient encore secrètement aujourd'hui.

Non, non... Il ne fallait pas que son fils vive cette douleur de la séparation à son tour. Ni l'un ni l'autre ne voulaient être séparés, simplement parce qu'à cause d'un malentendu, le tribunal risquait de se faire une idée fausse de son caractère et de sa personnalité. N'était-il pas injuste que l'enfant le perde uniquement parce que sa mère avait compris n'avoir jamais aimé chez son mari que la projection de ses propres désirs ? Et même si aujourd'hui, loin de l'illusion et des artifices de l'esprit, sous l'éclairage cru de la réalité, elle et lui n'étaient plus l'un pour l'autre que des étrangers, des inconnus, ils avaient écrit ensemble un chapitre important : celui de leur enfant, qui ne devait vivre l'absence d'aucun d'eux.

Tandis qu'interrogations, réflexions et décisions se bousculaient douloureusement dans sa tête, il sentit que l'insomnie s'était emparée de son esprit. Et comme il le faisait chaque fois que le sommeil l'oubliait, il sortit marcher dans les rues pendant des heures, jusqu'au moment où, épuisé, il voulut se reposer en pleine nuit sur un banc du parc municipal.

La jolie figure de son fils, ses yeux vifs, ses boucles châtain clair, sa voix et son sourire, tout était si près de lui en cet instant qu'il ne vit même pas la bande de jeunes qui, à quelques mètres de là, buvaient de l'alcool et riaient bruyamment. Il ne les entendit pas non plus faire des commentaires à son sujet : « Tiens, voilà un promeneur solitaire… À pareille heure de la nuit, il doit être en quête d'aventures pas catholiques, je parie qu'il est… Ha, ha… vise un peu… Il ne nous voit même pas… C'est comme si on n'existait pas… Il nous snobe ou quoi… Ha, ha… Pour qui se prend-il, celui-là ? Peut-être est-il comme Van Damme, tu le taquines un peu et il se met à cogner… Ha, ha… Allez ! Venez ! On va voir ça de plus près… » Mais lorsqu'ils s'approchèrent de lui, qu'il sentit leur haleine fétide et comprit leurs intentions agressives, il les fixa, le regard brillant : ils avaient tous le même visage. Il avait devant lui onze clones du garçon de son enfance, l'inconnu aux taches de rousseur. Il devait rêver.

Mais il n'avait pas le temps de s'appesantir sur la question, il était menacé. Il se leva aussitôt et cette fois, au lieu d'attaquer l'insolent, au lieu de l'insulter et de lever sur lui son poing furieux, il le regarda droit dans les yeux et se mit à verser des larmes. Des larmes... des larmes... qui ne cessaient de couler... au rythme de ses sentiments... Des larmes... perles humides... rares joyaux qui éclairèrent la nuit sans lune et effrayèrent tant les inconnus aux taches de rousseur qu'ils se mirent à courir, prirent leurs jambes à leur cou... se volatilisèrent tandis que le niveau des larmes montait... montait... jusqu'aux chevilles de Narcisse... puis jusqu'à ses genoux, jusqu'à sa taille. L'eau finit par arriver au niveau de sa tête qui fut bientôt submergée. Mais Narcisse refit surface quelques minutes plus tard, continua de marcher... vivant... et laissa derrière lui l'image noyée de son reflet. Lentement et calmement, le héros de notre histoire sortit du parc et regagna son appartement, plus que jamais rempli de la certitude tranquille que tout irait bien au tribunal. Personne ne viendrait troubler sa relation avec son fils.

PACTE DE VIE

Il ne restait plus que deux semaines avant la finale des championnats du monde amateurs poids moyens et le boxeur, qui n'avait jamais été vaincu jusque-là, savait qu'il lui fallait une nouvelle victoire pour accéder à l'échelon supérieur et passer dans la catégorie professionnelle.

De tempérament appliqué, réservé et travailleur, il s'isola dans un centre sportif perdu dans la montagne en compagnie de son entraîneur, comme il avait coutume de le faire avant un match important. Ils travaillaient tous les jours à maintenir sa forme physique, à améliorer sa psychologie, sa combativité et sa tactique sur le ring. Après un petit déjeuner copieux, riche en protéines et acides aminés, il commençait sa journée par une marche en forêt puis, une heure et demie avant le déjeuner, retournait au gymnase pour la première de ses deux séances d'entraînement quotidiennes, qui consistait essentiellement en des exercices de musculation avec des haltères. La seconde, qui avait toujours lieu en fin d'après-midi, après quelques heures de repos, portait sur la technique de frappe et incluait quelquefois des matchs amicaux avec d'autres boxeurs.

Athlète au sens stratégique particulièrement développé, il pouvait faire face aux adversaires les plus redoutables sans jamais perdre son sang-froid, même dans les moments les plus critiques. Mais s'il avait toujours dominé ses matchs aux points, il n'avait jamais remporté de victoire par knock-out, ni goûté les applaudissements déchaînés des spectateurs. Lorsque les spécialistes et son entraîneur lui signifiaient pendant les matchs que le moment était venu d'achever son adversaire et de le jeter au tapis, non seulement il ne le faisait pas, mais il donnait l'impression de l'éviter ; il ne répondait pas et changeait de sujet. Il ne se sentait pas prêt non plus à leur avouer qu'il était hanté par des images du passé qui l'empêchaient de le faire.

II n'était alors qu'un jeune adolescent, un élève de quatrième. Il se revoyait descendre la rue qui longeait un bois, un dimanche après-midi, en compagnie de son petit frère, après avoir vu un film de Bruce Lee au cinéma. Ils avaient soudain été encerclés par cinq types qui avaient tenté de les voler. Ils s'étaient défendus, mais les coups pleuvaient. Il avait vu son frère s'effondrer, sérieusement touché à la tête.

Celui-ci n'était sorti de son coma que deux mois plus tard, dans un état méconnaissable : taciturne, presque muet, il communiquait de moins en moins avec son entourage, comme s'il était détaché de tout, avec de brusques accès d'agressivité. Les médecins avaient peu à peu commencé à parler de symptômes de schizophrénie et d'état maniaco-dépressif. Combien de fois notre héros, qui refusait d'accepter le diagnostic des médecins et estimait les cinq délinquants responsables de l'état de son frère, n'avait-il pas rêvé de les retrouver, de les passer à tabac et, pour achever sa vengeance, de leur couper les mains à hauteur du poignet !

Mais combien de fois aussi, au moment où il s'apprêtait à réaliser son fantasme, n'avait-il pas entendu une voix intérieure lui souffler de contenir sa violence, de ne pas lui donner libre cours, sauf verbalement, de ne pas entrer dans le cercle vicieux des représailles sanglantes. Il ne savait trop si cette retenue lui venait de son éducation, de son inclinaison naturelle pour le bien ou du souvenir des mots qu'Athéna adressa à Achille déchaîné de colère contre Agamemnon, dans ce passage de l'*Iliade* qu'il aimait tant écouter en classe, lorsqu'il était enfant. Peu importait, du reste, que ce fût pour l'une ou l'autre raison. Tout ce qu'il savait, c'était que vers l'âge de dix-huit ans, las d'osciller entre son désir de vengeance et les scrupules que lui inspirait sa voix intérieure, il s'était résolu à échapper au dilemme et de chasser une fois pour toutes ces images de mutilation sauvage qui l'obsédaient.

Au cours des mois suivants il avait cependant compris qu'il s'était attaqué à quelque chose de plus fort que lui : malgré tous ses efforts, son obsession refaisait surface à la moindre occasion. À force de réflexion et d'analyse, il avait conclu n'avoir d'autre choix, pour sortir de cette situation pour le moins inconfortable, que de supprimer la cause première de ces scènes violentes de vengeance. Et cette cause première était la haine. L'ennemi, c'était ce sentiment qui fait désirer l'exclusion et la disparition de l'autre. L'entreprise, il le savait, exigeait de subtiles manœuvres tactiques et une stratégie de longue haleine. Mais il était déterminé. Il n'affronterait pas l'ennemi. Il minerait peu à peu le terrain autour de lui jusqu'à l'acculer, il l'encerclerait, resserrerait peu à peu l'étau jusqu'à arriver au centre, jusqu'à toucher la cible.

C'est ainsi que pendant un temps, il avait évité de réagir par la violence aux éventuelles provocations de la vie quotidienne, préférant louvoyer pour surmonter les obstacles auxquels il se heurtait. Avec le temps, non seulement il avait appris à faire preuve de souplesse et de patience face à l'agressivité des autres, mais le sentiment de haine lui était devenu si étranger qu'il doutait de l'avoir jamais connu.

Cette agaçante impassibilité, cette inertie qu'il opposait aux agressions – verbales ou physiques – à son encontre, avaient fini par passer pour de la passivité auprès de son entourage. Et, naturellement, son comportement n'avait pas tardé à faire de lui la risée générale : il devenait de plus en plus souvent la cible de quolibets et de commentaires ironiques. Évidemment, à le voir ainsi, à peine quelques années plus tard, se battre dans un ring et réagir en un éclair à chacun des coups de l'adversaire, on était en droit de se demander comment une telle transformation avait pu s'opérer.

D'ordinaire, ses proches traitaient son frère comme un malade. Ce à quoi notre héros se refusait : il se comportait avec lui comme avec une personne parfaitement saine d'esprit qui aurait simplement subi un traumatisme occasionné par les coups de ses cinq jeunes agresseurs. Intimement convaincu que le temps lui donnerait raison, il s'était en conséquence armé de la patience nécessaire.

Mais comme le temps passait, impitoyablement, sans que ne s'opérât le changement auquel il aspirait, il avait senti sa patience s'épuiser et le découragement l'envahir. Un découragement qui avait insidieusement fait ressurgir le désir de vengeance qu'il croyait profondément enfoui : les scènes où il se voyait châtier les agresseurs de son frère le hantaient maintenant constamment, de jour comme de nuit. Et il désirait plus que jamais les voir devenir réalité.

Lorsqu'il constata que la voix de l'interdiction s'était tue en lui, il songea que le moment était venu. Et rien ne l'aurait arrêté dans son dessein s'il ne s'était aperçu que toutes ces scènes où il rêvait de leur couper les mains à hauteur du poignet, il les voyait en noir et blanc, spectateur de produits de son esprit, d'un scénario cérébral qu'il n'investissait pas vraiment et qui ne le troublait plus autant que par le passé.

La seule réponse satisfaisante qu'il put trouver après des semaines d'observation et de réflexion était que son désir de vengeance, affranchi de la haine, était exempt de la joie sauvage qui l'accompagne habituellement. À quoi servirait-il, alors, d'accomplir un acte de vengeance sans avoir le sentiment d'assouvir un besoin profond ?

Il lui fallait donc faire en sorte de réveiller en lui le nerf de la haine. Et pour cela, il avait besoin de se concentrer, d'arrêter une stratégie et de puiser conseil et soutien dans les exemples analogues que contenaient les livres.

Il se mit à chercher systématiquement toutes les expressions de haine qu'il pouvait trouver dans les traités philosophiques, les romans, les recueils de poésie. Il entreprit d'étudier et d'analyser les héros de Dostoïevski, Strindberg, Genet, Kipling et autres, cherchant dans leur comportement les messages dont il croyait avoir besoin et s'efforçant de les appliquer dans sa vie quotidienne.

Ainsi, il adoptait volontiers un comportement grossier, agressif ou provocant, et tout était pour lui prétexte à en venir aux mains. Mais malgré le zèle qu'il mettait à apprendre la haine, il ne semblait pas convaincre ceux qu'il affrontait et qui riaient plus qu'ils ne s'emportaient.

Il songea qu'il n'allait pas suffisamment loin dans ce qu'il faisait. Il avait voulu insulter un vieillard, mais n'avait pas trouvé les mots les plus durs. Il avait bien tabassé un chauffeur de bus lors d'une dispute, mais sans le frapper à la tête. Il n'était pas non plus allé jusqu'à envoyer du vitriol au visage de son insupportable voisine.

Et sans doute cela s'expliquait-il par le fait que les livres n'avaient pas suffi à réveiller sa haine. Avec le temps, cette supposition se mua en conviction et éveilla en lui un sentiment de déception, d'impuissance et de renoncement. Puis vinrent la dépression et le retranchement : isolé, sans ami ni contact social, il sombra progressivement dans le vide et le déni de sa personne, au point d'être envahi par un irrépressible désir de lui nuire, voire de l'anéantir.

Qui sait vers quels actes d'autodestruction l'aurait conduit cette absence totale d'estime de soi s'il n'était pas par hasard tombé, un soir, alors qu'il regardait la télévision, sur un match de boxe. L'entraîneur d'un des deux adversaires avait alors dit à son protégé, dans le coin du ring, entre deux rounds : « Avec haine... Tape-lui dessus avec haine... »

Et comme quelques minutes plus tard, l'autre avait reçu une série vertigineuse de crochets qui l'avaient bientôt mis knock-out, les mots de l'entraîneur prirent soudain toute leur signification dans la tête de notre héros. « Je sais maintenant ce que je dois faire ! » s'écria-t-il comme en extase. Dès le lendemain, il s'inscrivit dans un club de boxe renommé. Là, à force de détermination et d'application, il finit par convaincre son entraîneur, qui était réputé pour son exigence et qu'il écoutait religieusement, qu'il était capable de faire partie d'une équipe de jeunes qui se préparait à la compétition. Il montra qu'il avait l'étoffe d'un champion dès sa première prestation sur le ring, avec toutefois une particularité : il préférait gagner par la qualité de sa technique, en épuisant son adversaire sans chercher à le mettre knock-out. Même lorsqu'il en avait l'occasion, il se contentait de s'imposer aux points, attitude qui, malgré ses nombreuses victoires, le privait de l'ovation du public et contrariait son entraîneur.

Ce dernier voyait en effet les choses très différemment : il affirmait qu'un vrai boxeur – dont la meilleure illustration était pour lui Mike Tyson – doit viser le menton pour obtenir le knock-out. Il ne manquait pas une occasion de citer en exemple sa propre histoire : des années auparavant, il avait vu le titre de champion du monde lui échapper parce que, grisé par sa supériorité dans le match, il n'avait pas terrassé son adversaire dès qu'il en avait eu la possibilité, mais avait préféré remettre à plus tard le coup de grâce pour maintenir le public en haleine et lui prouver son aisance absolue. Et à un moment où sa vigilance s'était relâchée et où il avait baissé sa garde, il s'était pris un formidable uppercut qui l'avait mis knock-out et il avait perdu le match. Il ne s'était pas remis du choc et avait définitivement renoncé à boxer. « C'est pour cela que tu ne dois pas faire de cadeaux, disait-il à l'athlète avant d'ajouter :

le seul devoir du boxeur, c'est le knock-out. Et si tu ne l'as pas dans la peau, le seul moyen d'y arriver, c'est d'entretenir ta haine. » Avis qu'approuvait le héros de cette histoire sans pour autant se sentir capable de raviver cette haine. Même la boxe, dans laquelle il avait tant investi, ne lui apportait pas les résultats escomptés.

Cette réalité qui ne lui permettait pas d'assouvir sa vengeance l'aurait certainement considérablement déstabilisé, s'il n'avait pas eu en tête la finale du championnat mondial amateurs : *sa dernière chance*, songeait-il.

Il s'entraînait sans relâche, méthodiquement, et s'imaginait souvent en train de frapper son adversaire dans le ring. C'étaient les cinq délinquants, il s'en rendait compte, qu'il se voyait bourrer de coups, pulvériser et étaler sur le tapis, les mains coupées à hauteur du poignet.

C'est dans cet état d'esprit qu'il pénétra le jour du match dans le ring, tandis que les spectateurs applaudissaient et scandaient son nom. Pendant les premiers rounds, ses crochets, ses uppercuts et ses directs, impressionnants de technique et de puissance, augmentèrent l'enthousiasme du public. Un enthousiasme qui aurait viré au délire si, l'occasion se présentant, il avait jeté son adversaire au tapis. Son entraîneur décida alors de l'amener à faire ce qui ne lui venait pas naturellement. Il s'approcha de lui avant le dernier round et lui dit : « Ton adversaire est l'un des types qui ont tabassé ton frère. C'est lui qui lui a porté le coup fatal... Pulvérise-le... de ta haine... »

Sans même songer à ce qu'il faisait, hypnotisé par une tache de naissance au front de son adversaire qui lui rappelait celle qu'avait l'un des agresseurs de son adolescence, il se jeta dans le match à corps perdu. Le souffle coupé par les crochets et les uppercuts qui s'enchaînaient à un rythme effréné, son adversaire se retrouva bientôt le dos aux cordes du ring, acculé. Épuisé, il ouvrit sa garde et découvrit son menton. Il arma son poing pour le knock-out. La foule qui hurlait « Vas-y ! Achève-le ! » et les encouragements de son entraîneur – « C'est maintenant ou jamais ! » – bourdonnaient comme des insectes furieux dans ses oreilles. Et son adversaire n'aurait pas fait long feu si, au moment où le gant allait frapper l'adversaire, au moment où allaient se détacher les cinq mains coupées à hauteur du poignet, la voix intérieure n'était intervenue pour retenir son poing. Celui-ci atteignit son but, mais avec moins de force ; l'adversaire ébranlé tomba à genoux, mais ne perdit pas connaissance. L'arbitre le déclara vaincu par knock-down.

Sous les applaudissements de la foule, le vainqueur savait que jamais la haine ne s'enracinerait en lui. Il ne la désirait plus lui-même. Il savait à présent qu'elle lui était étrangère et qu'il devait poursuivre sans elle sa vie et sa carrière. Il était maintenant convaincu qu'il retrouverait un jour les cinq délinquants qui les avaient agressés, son frère et lui : mais il les rechercherait dans un sentiment de justice et non de vengeance, pour que leur soit infligée la peine légale qu'ils méritaient. En se dirigeant vers les vestiaires, les poings triomphalement levés, il regarda avec amour son frère qui se trouvait au premier rang et lui adressa un sourire confiant, un sourire qui était un pacte de vie.

LA FENÊTRE BRISÉE

Trois romans et de nombreuses nouvelles, tel était le bilan – à l'âge de trente-cinq ans – de sa production : le tout écrit dans un bureau obstinément fermé à la lumière du jour. Dans cette pièce, qui tenait un peu de la chambre noire du photographe, ses souvenirs lui demandaient impérieusement de construire les personnages de ses livres. Il était intimement convaincu que plus il examinerait les ombres de son passé, mieux il se connaîtrait lui-même. Comme il était célibataire et fils unique, que ses parents n'étaient plus en vie et qu'il avait peu d'amis, il s'était consacré à cette quête de lui-même avec une telle exclusivité qu'au bout d'un certain temps, naturellement, il avait commencé à se couper de la réalité quotidienne.

Il sortait de moins en moins, ne répondait que très rarement au téléphone – pas plus, d'ailleurs, à son courrier –, évitait d'écouter la radio et de regarder la télévision. Bref, il avait fini par vivre comme un ermite moderne. Avec le temps, la fenêtre de son bureau qui n'était jamais ouverte avait fini par ne plus faire qu'un avec le mur, une seule et même masse qui assurait son isolement du monde. Et s'il lui arrivait quelquefois de tirer les rideaux, c'était machinalement, par distraction, pour laisser son regard se perdre dans l'anonymat de la nuit.

Rien ne semblait pouvoir changer cette situation, rien, jusqu'au jour où il reçut la lettre d'une jeune lectrice qui s'achevait par cette question : « À force d'écrire en vous servant du matériel de votre mémoire, vous connaissez-vous mieux ? » À peine eut-il lu la question que le portrait de son père dans le salon de sa maison, le visage de sa mère au regard tendrement perdu et les figures de certains de ses camarades de classe se présentèrent à son esprit comme de douloureux souvenirs. N'était-ce pas à cause de ces blessures qu'il s'était mis à écrire, un peu comme on entame un traitement ? Et à travers l'écriture, n'était-ce pas lui-même qu'il cherchait à connaître ? Mais après tant d'années, y était-il parvenu ? L'incertitude de la réponse l'habitait plus sûrement que jamais.

Sans doute lui dirait-on qu'une telle démarche demandait du temps et qu'il avait encore du chemin à parcourir. Sans doute aussi lui rappellerait-on *Ithaque* de Cavafis pour lui faire comprendre que c'était précisément grâce à cette quête de lui-même, si difficile et si longue, que ses textes et ses livres étaient appréciés. Les arguments ne devaient pas manquer. Mais rien ne le séduisait plus. La patience ne lui était pas une vertu familière et l'idée de son succès littéraire, l'assurance de son statut d'écrivain, ne le rapprochaient pas de son but. Il n'aspirait en réalité qu'à une chose : parvenir à sonder les aspects les plus secrets de son être. Ce qui lui apparaissait comme une chimère. Il se sentit soudain terriblement las. Perdu. Presque vieux avant l'âge. Sans ressort. Privé d'espoir.

Les jours suivants, il cessa d'écrire et se détourna peu à peu des rares personnes qu'il voyait encore. Il se contentait d'errer sans but. Sale et négligé, il dormait dans des parcs, sous des ponts, à même le sol crasseux des avenues et des ruelles, dans des entrepôts désaffectés et partout où ses pas le menaient, comme les sans domicile fixe.

Un soir d'errance, sur le vieux quai du port, un clochard venimeux s'approcha de lui et se jeta soudain sur lui en hurlant : « Salaud !... Salaud ! Va-t'en ! Disparais de ma vue ! Tu as la tête et les gestes de quelqu'un que j'essaie d'oublier... Tu es un cauchemar... Va-t'en ! » Plus que les coups désordonnés dont le gueux lui criblait le corps, c'étaient ses mots qui l'atteignaient. Sa tête bourdonnait de pensées : « Ne nous arrive-t-il pas souvent dans notre vie de prendre quelqu'un pour un autre ou de voir un visage qui nous en rappelle un autre, comme si un signe extérieur avait réveillé quelque chose de notre passé ? Et tout cela à cause d'une ressemblance formelle, visuelle ? À moins que tous les hommes n'habitent en nous et nous en eux... Ha... ha... ha... Mais alors, il faut admettre que le moi participe à la fois du toi, lui, nous, vous, eux... que chacun de nous existe à la fois en lui-même et en les autres, et ce réciproquement : Ha... ha... oui... oui... oui. Mais alors pour se connaître, il faut sans cesse aller et venir entre soi et l'autre. Nous sommes un amalgame fait de nous-mêmes, d'autrui et de tout ce qui nous entoure. Comment n'y ai-je pas pensé plus tôt ? Il est donc vain de chercher à se trouver dans la retraite et l'isolement, puisque, que nous le voulions ou non, nous participons du monde. Nous sommes le monde. Et notre mémoire nous appartient sans doute, mais contient en même temps des souvenirs relatifs aux autres... »

Et alors que, tout en se faisant ces réflexions, il ouvrait la porte de son bureau à l'odeur de renfermé, la fenêtre toujours obstinément close de la pièce se brisa dans un énorme fracas : la pièce fut soudain remplie de vent, de pluie, de voix humaines, de lumières et de klaxons, des bruits de la ville et de la nuit. Et tandis qu'il sentait ses poumons aspirer profondément le monde, avant même de pouvoir formuler la moindre pensée, il vit passer devant lui un cortège de souvenirs : son père, avec son chapeau et sa veste croisée de flanelle grise, tel qu'il l'avait connu grâce aux photos et aux récits de ses proches, puisqu'il était mort d'une maladie sanguine alors que son fils n'avait que trois ans.

Le voilà, tel qu'il se l'imagine, qui sort de son bureau d'avocat et se dirige vers sa maison, chargé de courses. Il ouvre la porte, entre, et avant de se mettre à table, embrasse tendrement sa femme beaucoup plus jeune que lui. Elle avait perdu ses parents et à l'orphelinat public où elle grandissait, on l'avait accusée de vol. Il l'avait défendue, innocentée, s'était épris d'elle, puis l'avait épousée, de leur union était né leur fils unique. Malgré sa santé précaire, il avait fait tout son possible pour la rendre heureuse ; elle avait été une épouse aimante, une tendre mère et une douce présence dans la maison, mais n'avait jamais réussi à vaincre sa mélancolie, sa tendance permanente à la dépression et à l'abandon. C'est pourquoi, après la mort de son mari, sans jamais s'éloigner de son enfant, elle avait consulté régulièrement un psychiatre. Et lorsque son enfant avait atteint l'âge de dix-huit ans, elle avait elle-même demandé à être internée dans un établissement public. Son fils unique l'avait accompagnée jusqu'à la porte d'entrée. Il la voit entrer ; elle le regarde, absente, et suit l'infirmier jusqu'à sa chambre. Il la voit aussi le recevoir dans le jardin. Elle lui caresse les cheveux. Regarde-la, lecteur, et regarde-le : suis ses souvenirs, il s'abandonne à la caresse maternelle, cette caresse qui parle pour elle car elle a fini par ne plus dire un mot, elle ne s'exprime plus que par le regard et le toucher, quand ils parviennent à sortir de leur immobilité habituelle.

Oh... Oh... Mais que voit-il à présent devant lui ? Que se passe-t-il ? Soudain les plus hardis de ses camarades, vêtus de longues blouses d'infirmiers, courent dans le jardin de l'hôpital psychiatrique. Ils s'approchent de sa mère adossée à un banc. Elle est la seule pensionnaire. Ces voyous la cernent, la ridiculisent, la dépouillent de ses vêtements... Et la voilà nue, les bras croisés sur elle... Les salauds ! Ce sont ceux qui, à l'école, prenaient son extrême sensibilité pour de la faiblesse et se moquaient de lui. Quelle honte ! Quelle blessure d'orgueil ! Non... Non... Il devrait réagir. D'ailleurs il a toujours voulu se venger des blessures qu'ils lui ont infligées par le passé.

Oui… le moment est venu. Mais soudain, il ne les voit plus. Autour de sa mère courent maintenant des étrangers. Il ne connaît même pas leurs noms, il ne les a jamais vus. Ils pénètrent dans son bureau par la fenêtre brisée. Ils courent devant lui comme des créatures virtuelles… Il ne sait plus où il en est… Il était certain tout à l'heure de voir des souvenirs, à présent il ne sait plus. Il ne saurait dire s'il s'agit de scènes du passé ou du futur ! Ha ! Ha ! Des souvenirs du futur, pourquoi pas ? Il a entendu dire que d'autres en ont fait l'expérience… Mais que lui importent les autres ? Il ne veut même pas savoir si ce qu'il vit présentement est un cauchemar, s'il rêve les yeux ouverts, s'il est le jouet de son imagination ou de la réalité. Cela lui est égal… non… il ne veut même pas savoir si sa mémoire est bonne ou non ! Il se laisse simplement aller à ce qui le touche en cet instant. À ce qu'il voit et sent… Et tandis qu'épuisé, il s'assied sur la chaise du bureau, le bureau, la chaise et l'écrivain posé sur elle, les trois, sans effort, se soulèvent du sol, on les dirait portés par des ailes ou par un tapis magique, puis s'envolent par la fenêtre brisée pour aller planer haut dans le ciel, comme dans les contes qu'il lisait enfant.

Il prend plaisir à ce voyage au-dessus des maisons, des immeubles, des rues, des ponts, des parcs, des forêts, des montagnes ; il franchit les frontières et s'arrête dans de merveilleuses contrées, parmi des hommes qui parlent d'autres langues. Très haut et très bas à la fois, il sait que tout lui appartient, car tout existe en lui. Et il sait aussi qu'il a encore un long chemin à faire dans ce monde qui est lui-même, qu'il écrira de nouveaux textes, de nouveaux livres, en nombres incalculables, aussi nombreux que la multitude des micro-existences qu'il découvrira en lui-même.

DANS TES YEUX SE CACHE LA VÉRITÉ OU LES DEUX SIAMOISES

Même longtemps après les événements, il n'arrivait pas à comprendre si c'était la phrase d'une chanson populaire qu'il se remémorait : « Dans tes yeux se cache la vérité... Cherche... cherche... et tu la trouveras... », ou son attirance innée pour l'inhabituel qui, depuis son enfance, le clouait sur place, le fascinait jusqu'à l'extase, chaque fois qu'il rencontrait un regard intense. Devant les filles, son admiration se manifestait plus ostensiblement encore, ce qui avait immanquablement le don, une fois passée la satisfaction que cela leur donnait, de leur inspirer un sentiment de fatigue, de lassitude, d'ennui, voire d'inquiétude et de harcèlement. C'est pourquoi, à l’adolescence, ses voisines et ses camarades de classe se débrouillaient pour l’éviter, pour ne pas l’emmener aux sorties et aux fêtes, ce qui avait blessé sa sensibilité naturellement à fleur de peau et l’avait finalement poussé à obéir à son instinct de conservation : lorsqu’il rencontrait deux yeux magnifiques, il n’extériorisait plus rien de ce qui l’habitait, attitude qui avec le temps l’avait même conduit à fuir la compagnie de ce genre de filles.

Cette habitude se vérifia par exemple un jour, lorsque cette grande fille aux cheveux châtains arriva, avec sa gracieuse démarche de biche, ses longues jambes, et ses yeux gris étincelants comme des diamants. Alors que tous les garçons de son âge étaient électrisés par sa présence et le lui montraient de diverses façons, il n’avait d’abord rien laissé paraître de ce qu’il ressentait. À l’abri derrière son masque de réserve, il se contentait d’avoir la jeune fille constamment à l’esprit, dans ses désirs les plus secrets, dans ses rêves, de la suivre avec constance et discrétion dans son quotidien : avec ses amis, pendant les cours qu’elle suivait avec assiduité, lorsqu’elle racontait, joyeuse, des anecdotes, ou sortait danser avec ses amies, lorsqu’elle se montrait ironique et même, parfois, caustique, lorsqu’elle partageait volontairement les ennuis de ses proches, indomptable, fière, de son caractère emporté mais toujours élégant, assaillie par les doutes, et pourtant toujours prête, délibérément ou non, à déclencher disputes et jalousies par sa beauté et son goût manifeste pour toutes les flatteries que lui adressaient ses admirateurs, connus ou inconnus.

Et ce rôle d'observateur impassible fut celui du héros de notre histoire jusqu'à la terminale où, lors de l'excursion annuelle de la classe, il se retrouva avec elle – puisqu'ils étaient de la même promotion – à Paris : un soir où le hasard les avait éloignés des autres et laissés seuls au bord de la Seine, elle se pencha soudain vers lui et l'embrassa sur les lèvres, puis lui avoua quelques instants plus tard qu'elle désirait être avec lui depuis longtemps, mais que n'étant pas sûre qu'il veuille d'elle, elle avait attendu l'occasion de le lui faire savoir.

La confession, les baisers et les caresses qui l'accompagnaient, ne pouvaient que faire voler en éclat son masque de réserve et révéler sur son visage la fascination et l'admiration qu'il avait pour elle, avec en plus une expression de joie rayonnante et de satisfaction, qui annonçaient ce qui arriva dès le lendemain : ils n'allaient plus nulle part l'un sans l'autre, ni chez leurs amis, ni dans les parcs, ni dans les rues. Ils étaient ensemble en toute occasion, inséparables. Ils se caressaient, tendres, se parlaient de leur vie.

Il apprit ainsi qu'elle était issue d'une famille de commerçants qui vendaient des souvenirs pour touristes. Elle avait un jeune frère en sixième, un père dont l'amour passait par la surprotection et la surveillance. Avec lui, les conflits étaient fréquents. La mère de la jeune femme s'absentait de longues heures pour son travail, ce qui lui évitait les disputes avec son mari nerveux, mais l'avait éloignée de sa fille dont elle n'avait jamais appris qu'elle offrait son beau visage en modèle à des peintres pour de l'argent, ni même qu'il lui arrivait, parfois, de poser nue. Quant aux expériences amoureuses de sa fille, elle en ignorait tout.

La jeune femme apprit de son bien-aimé qu'il était le fils unique d'une famille de professeurs de lettres aux principes stricts. Le père, l'esprit curieux, lisait beaucoup, s'intéressait à la religion et à sa place dans la littérature, il écrivait des articles sur ce thème et sur la relation entre science et religion pour un journal local. Bon père de famille, il était tendre avec son fils, à qui il offrait souvent des livres. Il l'emmenait au cirque, au cinéma, voir un match de football ou de basketball quand l'occasion se présentait. Il vivait auprès d'une mère excessivement douce, plus active dans la maison qu'à l'extérieur, qui exerçait consciencieusement son métier de professeur mais qui entendait passer la plus grande partie de son temps avec son enfant, à le faire travailler, à préparer ses repas, à laver ses vêtements et soigner sa santé, et en fin de compte à lui offrir tout ce que la nature lui avait donné à transmettre à son fils.

À mesure que le temps passait, les deux jeunes protagonistes de notre histoire, non seulement ne s'éloignaient pas une seconde l'un de l'autre, mais en plus faisaient en sorte de donner à l'autre le plus de plaisir possible, si bien que leurs désirs les plus simples comme les plus complexes, les plus importants comme les plus insignifiants, leurs rêves et leurs fantaisies, leurs fantasmes érotiques ou non, devenaient réalité : elle était pour lui tout à la fois amie, compagne, collaboratrice, bien-aimée, maîtresse éhontée ; il était pour elle le prince charmant, l'ami, l'amant ardent et licencieux, le bien-aimé, et même « sa poupée » comme elle aimait à lui susurrer tendrement, parce qu'il la laissait l'habiller, lui choisir sa coupe de cheveux et souvent lui établir le programme de la journée. De leur aveu commun, c'était la première fois que l'un et l'autre, rompant avec leur éducation traditionnelle, ne faisaient pas de différence entre attirance physique et amour, entre sentiments et sexualité. Pour la première fois ils pouvaient mêler – du moins le croyaient-ils – désir, amitié, passion, fantasmes, raison, absurdité, mesure, démesure, rêve et réalité, en un tel équilibre que les trois premières années de leur relation, rien n'aurait laissé présager que celle-ci était menacée.

Comment expliquer qu'à partir d'un certain moment, son caractère expansif à elle, ses positions souvent radicales, sa coquetterie, son tempérament parfois colérique, son esprit de contradiction et sa complaisance à l'admiration des tiers, qui l'avaient séduit au début, commencèrent à le contrarier et lui devinrent peu à peu insupportables, au point qu'ils se disputaient désormais facilement, échangeaient des sarcasmes, des injures et parfois même en venaient aux mains ?

Était-ce l'énergie négative précitée qui devenait positive quand, après des incidents si désagréables, ils étaient de nouveau dans les bras l'un de l'autre, à s'embrasser avec passion, à se caresser, tendres et sensuels, à assouvir un désir brutal, ou encore à se dire des mots doux ? Il lui disait qu'il voudrait la garder toujours à l'intérieur de lui comme une baleine avait porté Jonas et Pinocchio ; elle lui répondait, mutine, qu'elle aimerait le garder toujours attaché à sa main par une corde invisible pour pouvoir le ramener à elle chaque fois qu'il s'éloignerait !

Indépendamment des réponses aux deux questions des paragraphes précédents, ce qui est sûr et qu'il faut préciser pour la suite du récit, c'est qu'au bout de quelque temps, il se mit continuellement à voir sa bien-aimée en double. Elle était scindée en deux, à croire qu'elle avait deux moi, qu'elle était deux sœurs, jumelles, siamoises, la chaste et la libertine, dont la présence simultanée dans sa vie le poussait chaque jour un peu plus dans une douloureuse impasse.

La sérénité devint donc pour lui condition de survie, et pour la trouver, de toutes les solutions qu'il essaya ou envisagea, la seule qui lui parut réalisable était de s'obliger à choisir entre les deux jeunes filles : sans la moindre hésitation, il rejeta la première et adopta la seconde.

Ainsi donc, chaque fois qu'il était question de sortir avec des amis ou des relations communes, il refusait et laissait la chaste y aller seule, attitude qui devint peu à peu obsessionnelle : il cessa de voir ses proches, évita les endroits qu'ils aimaient fréquenter de crainte qu'on lui demande de ses nouvelles. Quant aux questions des parents de sa bien-aimée sur une éventuelle officialisation de leur relation, il les éludait en faisant semblant de ne pas comprendre.

Pour lui, rien n'existait plus que les rencontres avec son amante libertine : rien qu'eux deux, seuls, dans leurs soirées dansantes ou leurs escapades, leurs divertissements, leurs tendres caresses au lit, leurs voyages idylliques, dans des hôtels toujours somptueux, comme celui où ils se retrouvèrent un soir d'été sur les côtes de l'Adriatique, près de Split.

Dès qu'ils eurent fini de dîner dans un restaurant en bord de mer, ils montèrent dans la chambre, écoutèrent de la musique, burent un verre, échangèrent quelques plaisanteries, puis elle descendit au kiosque d'en face pour acheter des cigarettes. Il se mit à la fenêtre pour la voir traverser la rue de sa démarche ondulante, dévorant ses jambes des yeux, son corps lascif au dos droit et aux hanches pleines, aussi désirables que celles d'Aphrodite – quelle merveille, ce corps aux formes soulignées par une légère robe transparente, blanche à pois bleus. Comme de doux éclairs de souvenirs, il se rappela combien elle était facile à exciter, et combien il aimait le faire, affoler ses sens, au point que sa propre joie dépendait du paroxysme de son plaisir à elle, jusqu'à faire d'elle une esclave de l'amour prête dans son ivresse à se lancer dans l'aventure du fantasme le plus étrange. Oh... oui... ses yeux qu'elle gardait ouverts au moment de l'orgasme, il les regardait et les admirait pour la sensation de beauté qu'ils lui offraient et qu'il n'avait jamais pu mettre en mots ni en images, comme ces miracles que l'on vit sans pouvoir les emprisonner dans des explications. Et au moment précis où tout cela lui revenait en mémoire, il vit soudain dans la rue son aimée entourée d'une bande de jeunes qui passait par hasard près du kiosque. La façon dont elle réagit à leurs taquineries, délibérément coquette, aguichante, provocante même, troubla son regard au point que, la voyant bientôt retraverser la rue pour rentrer à l'hôtel, il ne savait plus si elle était la libertine ou sa sœur jumelle.

Aussi, lorsqu'elle pénétra dans la chambre quelques instants plus tard, referma la porte, enleva sa robe et se jeta dans ses bras, ce qui n'était encore qu'un doute se fit certitude : tandis qu'il l'embrassait, comme une ombre près d'elle se tenait la chaste qui, non contente d'observer, guidait les mains de la libertine dans ses caresses, murmurait les mots brûlants ou donnait les baisers, si bien qu'il faisait l'amour en même temps avec les deux.

Et si la première fois, la surprise tempéra le déplaisir, la répétition de l'expérience les jours suivants le persuada qu'il était vain de vouloir séparer les deux sœurs, les siamoises, l'arbre au double tronc. L'insupportable évidence le poussa à prendre une décision sans appel : d'un ton sévère et ferme, il annonça aux jumelles que tout était fini, qu'il ne voulait plus les revoir, et qu'il informerait leurs parents qu'il ne les épouserait pas.

Il les vit toutes deux la tête baissée, la mine sombre, s'éloigner de lui sans un mot, s'engager d'un pas lent dans la longue rue en pente. Plus la distance augmentait, plus elles rapetissaient ; elles étaient deux naines, deux miniatures humaines qui, lorsqu'elles se retournèrent enfin pour le saluer d'un geste nonchalant, avaient perdu leur visage. À la place, il y avait le sien. Oh... oui... Il avait maintenant en face de lui deux petits portraits de lui, deux petits lui-même qui, soudain, comme si une main invisible en avait brusquement tiré les ficelles ou avait déclenché le flash d'un appareil-photo, se mirent à courir vers lui à une vitesse vertigineuse, et tel l'éclair ou la foudre, paf... paf... à lui taper sur la tête et à y entrer.

Sans savoir s'il s'agissait d'un électrochoc ou d'un phénomène naturel mystérieux, il ne put que fermer les yeux et rester ainsi quelques instants, comme lorsqu'on vit un cauchemar intense et qu'on attend qu'il passe. Aussitôt après, pour reprendre simplement contact avec la réalité environnante, il les rouvrit : devant lui, il n'y avait plus ni les deux sœurs, ni les deux portraits de lui-même, ni ses deux lui-même, mais seulement, plus loin, au bord de la route, une grande et belle jeune fille, à la gracieuse démarche de biche, aux extraordinaires yeux gris étincelants comme le fond de l'océan dans son visage mélancolique, et la tristesse de son geste d'adieu.

Bien qu'elle lui rappelât quelque chose qu'il ne parvenait pas à définir précisément à cet instant, les yeux brillants comme des diamants de la femme le fascinèrent, et il fut irrésistiblement attiré vers elle : sans la moindre hésitation, à distance respectable et discrète, il se mit à la suivre, partout où elle allait, de carrefour en carrefour, de rue en rue, dans le bus, dans le métro, obéissant au désir qui l'envahissait, dans l'attente de l'occasion de l'approcher, de lui parler, de tenter de faire connaissance avec elle. En traversant l'avenue, il entendit s'échapper, d'un restaurant non loin de là, la musique d'un juke-box qui diffusait la chanson populaire familière «... Dans tes yeux... se cache la vérité... Cherche... cherche... et tu la trouveras ».

LE REGARD DE LA MÉDUSE

Les policiers s'accordèrent d'emblée à penser que c'était la même personne qui avait décapité les trois femmes : plutôt jeunes, des lèvres légèrement charnues, de longs cheveux, noirs et bouclés, et des yeux vifs et cristallins, elles se ressemblaient comme des triplées. Mais comme ces traits communs ne suffisaient pas pour mener l'enquête, l'équipe chargée de l'affaire décida de prendre les mesures suivantes : après avoir recherché et trouvé toutes les femmes de la région qui ressemblaient à s'y méprendre aux trois victimes, elle les convoqua discrètement au département de police compétent et leur expliqua ce qui se passait. Puis elle les persuada de la nécessité d'une étroite collaboration avec les autorités : elles devaient rendre compte de leurs déplacements quotidiens, avoir un numéro de téléphone où l'on pourrait les contacter vingt-quatre heures sur vingt-quatre et un microémetteur électronique indécelable, placé sous la peau de la main par un chirurgien spécialisé, de manière à être localisées à tout instant par la police.

Ces mesures de précaution n'empêchèrent pas le tueur enragé de décapiter deux femmes encore au cours des mois qui suivirent, sans laisser la moindre trace. Il évitait sans peine tous les barrages de police et passait entre les mailles du filet lorsque les forces de l'ordre ratissaient les lieux du crime et leurs environs.

La perplexité et le malaise des autorités grandissaient, et leur incapacité à arrêter l'assassin suscitait dans la région une inquiétude qui vira petit à petit à la panique, au point que chacun des habitants finit par être considéré suspect aux yeux de tous, a priori et jusqu'à preuve du contraire. Les citoyens les plus énergiques et les plus déterminés formèrent des équipes d'autodéfense qui patrouillaient sans relâche et provoquaient souvent des incidents : beaucoup de passants, les étrangers en particulier, étaient inquiétés pour des broutilles, d'autres passés à tabac. Quelques-uns perdirent même la vie au cours de ces incidents, tant les esprits étaient échauffés.

La situation était devenue un véritable casse-tête pour les autorités et Dieu sait où l'aggravation de la situation aurait mené si les inspecteurs chargés de l'affaire n'avaient un jour reçu un message d'Interpol : il y avait eu, dans un musée italien, une tentative de vol d'un chef-d'œuvre du Caravage. Effrayé par l'alarme, l'inconnu n'avait pu s'emparer du tableau, mais il avait réussi à se volatiliser sans laisser de traces. Il y avait une telle ressemblance entre le visage de la Méduse décapitée que représentait le tableau et celui des victimes (excepté le fait que ces dernières avaient de longues boucles noires au lieu de serpents) qu'un inspecteur, intrigué, entreprit de suivre cette piste étrange. S'appuyant sur le témoignage du responsable des archives et de la bibliothèque du musée, il se mit à suspecter un visiteur qui, depuis plusieurs semaines, passait des heures entières devant le tableau du maître italien et collectionnait toutes les informations possibles sur sa vie et son œuvre. D'après la description du bibliothécaire et les enregistrements des caméras de surveillance, il parvint à faire le portrait de l'inconnu puis, très vite, à trouver son nom et son adresse. L'homme fut tout de suite pris en filature par la police, jour et nuit. Il avait la trentaine et était divorcé depuis peu ; sans enfant, il travaillait pour une entreprise privée et menait dans l'ensemble une vie tranquille, sans éclats ni excentricités apparentes. Il s'agissait d'un homme solitaire, plutôt renfermé mais très poli avec ses voisins comme avec les habitués du café qu'il fréquentait régulièrement. Il s'installait toujours au fond de la salle, la mise soignée, l'air distant, et lisait attentivement son journal et donnait une impression de placidité à la limite de l'inertie.

Il était évidemment impensable, avec des indices et des soupçons aussi maigres, de justifier un mandat d'arrêt et une inculpation. Jusqu'au jour où l'homme commença à rôder autour de la maison de l'un des sosies de la Méduse. On le vit même la suivre et la mitrailler de son appareil-photo dans le courant de la semaine suivante.

C'était précisément l'occasion qu'attendait le procureur. Soucieux d'éviter d'autres meurtres, comme il l'expliqua plus tard, et trouvant son comportement douteux, il délivra aussitôt un mandat d'arrêt et d'amener en vue de l'instruction.

Lorsque les policiers l'arrêtèrent, le suspect était serein et avait un vague sourire aux lèvres. Il les suivit docilement et ne fit aucune difficulté, quelques heures plus tard, lorsqu'il leur avoua qu'ils avaient vu juste... Oui, il était bien le tueur en série qu'ils cherchaient depuis si longtemps. La stupéfaction passée, on procéda à une déposition en bonne et due forme en présence du juge d'instruction, sorte de récit rétrospectif des principaux épisodes de sa vie, que les policiers consignèrent dans leurs archives et qui sert de base à ce récit.

Orphelin de mère (elle était morte en couches) et de père inconnu, il avait été élevé par un oncle, marin à la retraite solitaire qui n'avait jamais fondé de famille. Le soir, à l'heure du coucher, l'homme avait coutume de lui raconter ses aventures en mer et de lui lire des chapitres de la mythologie dont l'enfant, qui les connaissait presque tous par cœur, semblait également apprécier les péripéties. Aucun des récits mythologiques ne paraissait l'obséder particulièrement.

Jusqu'au jour où les médias commencèrent à afficher systématiquement la photographie d'une femme à l'épaisse chevelure noire et bouclée qui assassinait de jeunes enfants. Elle avait fait de nombreuses victimes, parmi lesquelles un de ses camarades de classe, son meilleur ami.

La ressemblance de la meurtrière avec la représentation que le livre de mythologie donnait de la Méduse était si frappante et l'avait tant impressionné qu'il en faisait souvent des cauchemars où il voyait la femme poursuivre des enfants, une scie à la main.

Mais alors que, après les avoir figés de son regard et transformés en statues de pierre (tout comme dans le mythe), elle s'apprêtait à les décapiter à l'aide d'un long yatagan étincelant, notre jeune héros – dans ses rêves toujours – intervenait et, rapide comme l'éclair, lui tranchait la tête de son épée acérée.

Il s'écoula pas mal de temps après l'arrestation de cette femme et sa condamnation à perpétuité avant que le jeune garçon cesse d'être hanté par son image et l'oublie petit à petit, au fil du temps et de la vie. Il acheva sa scolarité, poursuivit ses études dans une université technique et trouva sans peine un emploi dans une entreprise privée.

Si nous ne décrivons pas davantage cette période de sa vie dans le présent récit, c'est qu'aucun incident notable ni événement sensationnel ne la marque, son comportement correspondant simplement au portrait que nous en avons dressé au début : celui d'un homme paisible, sans histoires, vivant dans l'anonymat de son quotidien.

Nous le retrouvons à la trentaine. Il est marié, sans enfants, enfermé dans une vie conjugale qui ne semble pas lui convenir, avec une femme extravertie, impatiente, irascible, qui lui fait souvent des scènes violentes et ne manque pas une occasion de manifester son désaccord avec lui.

Et c'est à cette époque, lors d'un voyage en Italie où ils visitèrent un musée, comme le précisa sa femme dans sa déposition, qu'il s'arrêta, stupéfait, devant la tête coupée de la *Méduse*, le tableau du *Caravage*. Il resta cloué sur place, comme si les yeux de ce visage féminin coiffé de serpents l'avaient, comme dans le mythe, transformé en statue de pierre.

Au cours des semaines suivantes, il revint tous les jours dans la salle du musée où se trouvait le tableau. « Silencieux », « absorbé », « l'air absent », toujours selon le témoignage de sa femme, il restait planté devant le tableau, comme aimanté par l'image. Son attitude eut raison de son mariage déjà compromis : son épouse ne tarda pas à déposer une demande de divorce auprès du tribunal compétent.

Mais rien, pas même l'initiative de sa femme, ne semblait à même de le tirer de cet état second. Outre ces interminables moments de contemplation du chef-d'œuvre, il passait des heures dans la bibliothèque et les archives du musée, à lire tous les ouvrages qu'il pouvait trouver sur la vie tumultueuse du Caravage et à réunir toutes les informations techniques disponibles sur cette œuvre qui le fascinait.

Au cours de cette recherche systématique, il apprit du bibliothécaire du musée que le tableau avait récemment été restauré. Les spécialistes avaient pris pour modèles des femmes qui ressemblaient comme deux gouttes d'eau à la figure peinte de la Méduse.

L'information l'avait brusquement sorti de son hypnose et il s'était soudain littéralement immergé dans les pages de vieux journaux. Il y avait découvert qu'un an plus tôt environ, la meurtrière condamnée à perpétuité, celle qui avait hanté ses années d'enfance, avait tenté de s'évader de prison avec d'autres détenues. Les policiers qui les poursuivaient avaient tiré sur la voiture volée dans laquelle elles s'enfuyaient ; elle avait pris feu et explosé. Et alors que toutes les passagères avaient été mutilées et tuées par l'explosion, le cadavre de la meurtrière s'était volatilisé. On n'avait retrouvé que sa jambe droite dans le fond d'un ravin. Les recherches avaient été poursuivies sans succès : elle avait disparu sans laisser d'autres traces.

Tout ceci n'ébranla en rien la conviction des responsables qui la tenaient pour morte. Gravement blessée, elle avait sûrement été mise en pièces par des bêtes sauvages ou des oiseaux de proie, ou encore achevée par des bandits – il y en avait beaucoup dans le coin. Et l'on pensait que l'on finirait tôt ou tard par retrouver sa dépouille. Ce n'était qu'une question de temps.

Notre homme, cependant, était loin de partager la même conviction, à en juger par les doutes qui l'assaillaient : et si quelqu'un lui était venu en aide ? Et si elle avait trouvé l'argent nécessaire à une intervention plastique ? Il se pouvait même qu'elle ait posé pour la restauration du tableau. Elle avait à montrer uniquement son visage, un visage que le temps n'avait peut-être pas beaucoup altéré – il y a des gens comme ça – et qui, avec un peu de maquillage, pouvait très bien convenir aux restaurateurs.

Mais à quoi bon se consumer en doutes et interrogations ? Il n'avait pas de temps à perdre : tous les signes pointaient dans la même direction, et la certitude s'était désormais installée en maître dans son esprit. Il devait empêcher la meurtrière de retourner à ses activités criminelles. Il savait qu'il était le seul à pouvoir l'en empêcher, une fois pour toutes. Il décida d'agir vite, mais méthodiquement.

Pour commencer, profitant d'une brève absence du bibliothécaire, il prit dans son bureau les adresses et numéros de téléphone des femmes qui avaient posé pour le tableau. Puis il entreprit de les suivre, l'une après l'autre. Mais les jours passaient sans que ni ses yeux ni les documents, photographies et films qu'il avait réunis ne lui permettent d'identifier la meurtrière. Tous les modèles se ressemblaient étonnamment, comme si elles étaient les photocopies ou les clones d'une seule et même personne, la *Méduse* du Caravage et celle qui le hantait dans son sommeil d'enfant, ravivant ses souvenirs. Il aurait voulu retrouver le livre de mythologie que son oncle lui lisait, pour voir si l'illustration de la Méduse était une reproduction de l'œuvre du maître italien.

Que faire ? Dans son désespoir, il retourna au musée se camper devant le tableau, et tandis qu'il le contemplait, il lui sembla qu'il devait l'interpréter comme un encouragement. Comme si l'œuvre lui soufflait : « Mais oui... vas-y... réalise ton rêve d'enfant et extermine la meurtrière. N'hésite pas une seconde... »

C'est ainsi qu'il décapita les trois premiers sosies de la Méduse. Et comme le doute continuait à le ronger et qu'il voulait être sûr de ne pas tuer une autre innocente – car il ne voulait que la mort de la véritable meurtrière –, il eut l'idée de découper la figure peinte de la Méduse. Non seulement l'entreprise échoua au musée, mais il ne prit pas garde, malgré ses infinies précautions, au système d'alarme équipé d'une cellule photoélectrique qui déclencha aussitôt une sonnerie tonitruante.

Obsédé par l'idée de ne pas perdre davantage de temps, il reprit son activité meurtrière, dans une fuite en avant qui, de son propre aveu, ne se serait sans doute pas arrêtée aux femmes de la région. Pouvait-il être sûr en effet qu'il n'en retrouverait pas ailleurs ? C'est précisément cette crainte qui avait poussé le procureur à délivrer un mandat d'arrêt.

Le calme avec lequel le prévenu reconnut sa culpabilité et fit lui-même le récit des événements impressionna non seulement les juges d'instruction, mais aussi les analystes et psychiatres qui, dans différents rapports, évoquèrent le manque de stabilité familiale pendant les années d'enfance, l'absence de modèle parental pendant les années passées en orphelinat après la mort de son oncle, le comportement agressif des autres pensionnaires à son égard, qui se moquaient de son caractère rêveur et de sa puissante imagination. Ils mentionnèrent également plusieurs dénonciations ou rumeurs, selon lesquelles deux de ses professeurs auraient abusé de lui. D'autres spécialistes parlèrent de l'influence désastreuse que peuvent avoir les films d'horreur sur le caractère (c'était un inconditionnel du cinéma) ; d'autres encore allèrent jusqu'à incriminer l'effet néfaste des œuvres d'art, en l'occurrence du tableau du Caravage.

Son nom était dans toutes les bouches, celles des spécialistes comme celles des autres, et l'on attendait impatiemment le jour du procès, comme on attend un spectacle rare et sensationnel.

Puis un samedi, à l'occasion d'une révolte massive dans la prison, certains détenus qui s'étaient évadés et avaient gagné les champs tombèrent sur une mine et moururent, affreusement mutilés par l'explosion. Parmi les victimes se trouvait un cadavre pratiquement méconnaissable dont on estima pourtant qu'il s'agissait du tueur en série : il avait les mêmes vêtements, une croix autour du cou, un tatouage au dos, un genou qui portait la trace d'une ancienne opération, semblables à ceux de l'accusé.

Bien qu'à ces indices s'ajoutât sa disparition de la prison et les affirmations de ses compagnons de détention selon lesquels, oui, il était parmi ceux qui avaient tenté de s'évader, la procédure d'identification prévoyait encore une analyse d'ADN. Mais un peu avant cette dernière formalité, le personnel de la morgue incinéra par erreur son corps à la place d'un autre, ce qui obligea les responsables à rédiger le communiqué officiel de décès, accompagné d'une note précisant qu'il manquait un élément formel à la procédure d'identification.

Cette petite omission n'empêcha pas le public de se réjouir enfin de la disparition d'un meurtrier aussi dangereux. Le temps passa, on finit par oublier tout à fait l'affaire, et la vie quotidienne du pays reprit son cours.

Jusqu'au jour où un quotidien local annonça dans la rubrique des faits divers que, dans le même musée italien, un inconnu, profitant de la panique générale provoquée par le système d'alarme, avait tenté de découper la tête de la *Méduse* du *Caravage* à l'aide d'un instrument tranchant – un couteau, d'après les témoignages – et avait réussi à s'enfuir.

TABLE

DU MÊME AUTEUR
(bibliographie sélective) :

Flammarion Paris
ORESTE OU LE ROMAN SANS FIN, 1986

Galilée Paris
L'INCENDIE DE L'OUBLI, 1992
LA CHANSON DE PÉNÉLOPE, 1989

AQ Verlag Dudweiler et Elisabeth Kaufmann Zurich
EROS IM KAMPF, 1987
DAS LIED PENELOPES, 1985

Muntaner Paris
LE COUREUR DE RÊVES, 1994

L'Harmattan Paris
L'EXÉCUTEUR ET AUTRES NOUVELLES, 2001

Ellinika Grammata Athènes
L'AMOUR PARFAIT, 2008

I. Sideris Athènes
LE PORTRAIT D'UN TERRORISTE, 2008

Empeiria Ekdotiki Athènes
EROS DÉMON, 2010

Eurasia Athènes
MODE ET ART CONTEMPORAIN, 2011

Photographie de couverture :
© Tomas Castelazo, 2009

Conception graphique :
Hanna Williamson-Koller, Zurich

Impression :
Druckerei Robert Hürlimann AG, Zurich

Reliure :
Sieber AG, Fehraltdorf

ISBN 978-3-9523550-1-5

www.pearlbooksedition.ch